中国三部古典文学名著成书之谜

韩亚光 著

知识产权出版社

全国百佳图书出版单位

图书在版编目（CIP）数据

中国三部古典文学名著成书之谜/韩亚光著. —北京：知识产权出版社，2019.10
ISBN 978 - 7 - 5130 - 6486 - 6

Ⅰ.①中… Ⅱ.①韩… Ⅲ.①章回小说—古典小说—小说研究—中国—明清时代
Ⅳ.①I207.41

中国版本图书馆 CIP 数据核字（2019）第 212079 号

内容提要

《三国志通俗演义》《水浒传》《西游记》的成书之谜，是这三部古典文学名著研究中的基础问题。本书认为，《三国志通俗演义》前十六卷和后八卷作者分别是罗贯中、施耐庵，小说脱稿于元末或明初，而其创作必相关于元朝时期；《水浒传》由施耐庵撰写、罗贯中纂修，他们笔下的宋江在受招安以后曾经伐辽国、征田虎、讨王庆、打方腊，宋江与他的多数兄弟并非惨死，施耐庵撰写本和罗贯中纂修本分别脱稿于元末、明初；《西游记》作者不是吴承恩，而是罗贯中，小说创作于明初、脱稿于永乐年间。

责任编辑：石红华		责任校对：谷 洋	
封面设计：臧 磊		责任印制：孙婷婷	

中国三部古典文学名著成书之谜

韩亚光 著

出版发行：知识产权出版社有限责任公司	网　址：http：//www.ipph.cn
社　址：北京市海淀区气象路 50 号院	邮　编：100081
责编电话：010 - 82000860 转 8130	责编邮箱：shihonghua@ sina.com
发行电话：010 - 82000860 转 8101/8102	发行传真：010 - 82000893/82005070/82000270
印　刷：北京建宏印刷有限公司	经　销：各大网上书店、新华书店及相关专业书店
开　本：787mm×1092mm　1/16	印　张：8
版　次：2019 年 10 月第 1 版	印　次：2019 年 10 月第 1 次印刷
字　数：80 千字	定　价：38.00 元

ISBN 978 -7 -5130 -6486 -6

前　言

　　《三国志通俗演义》《水浒传》《西游记》《红楼梦》，构成中国四大古典文学名著。它们不但在国内广为人知，而且在国际上颇有影响。总体来说，人们对四大名著赞誉有加，甚至奉为必读作品；客观来讲，人们对四大名著观点有别，甚至存在严重分歧。其实，有不同看法是正常的，没有不同看法反而不正常。经过观点争鸣、学术探讨，能够减少分歧、增进共识。

　　笔者在少年时期对四大名著的了解，主要是通过读小人书、听广播、看电视。虽然那个阶段对名著的理解非常肤浅，有时对一些情节完全不晓得怎么回事，但头脑中还是慢慢形成了各部名著的故事结构，在心目中逐步建立起诸葛亮、唐三藏、宋公明、贾宝玉等人物的艺术形象。所有这些情况，发生在那个信息还比较闭塞的年代，促使笔者懂得不少道理。其中，关键是人需要有品格、有精神、有追求、有价值，讲究正义感、诚信度、意志力、事业心。随着时间的推移，笔者进入了阅读四大名著的新阶段。

　　坦率地说，大部头很长，开始阅读时几次想停下来，不过咬咬牙还是坚持下来，并且一点点找到感觉。然而，真正对四大名著有所研究，还是近年的事情。笔者在认真、反复、深入阅读原著的基础上，逐步有了若干发现；这些发现集中起来，涉及成书之谜和内容之魂。成书之谜和内容之魂既互相区别，又彼此联系，甚至有时出现交叉。一般来说，探讨成书之谜，乃是分析内容之魂的基础；而分析内容之魂，则利于探讨成书之谜的深化。

　　本书着眼于成书之谜，或者说从成书之谜的角度，对《三国志通俗演义》《水浒传》《西游记》进行一些研究。之所以专门研究这三部名著的成书之谜，是因为：《三国志通俗演义》和《水浒传》具有密不可分的关系，这两部名著又与《西游记》具有难以想象的关系；而这三部名著的成书情况，都存在需要澄清的地方。这些需要澄清的地方之产生，与复杂的主客观条件有关。数百年过去了，这些地方理应得到澄清；如果总是澄清不了，那就说不通。澄清这些地方，不能迷信任何定法，不能照搬任何范式，唯有坚持实事求是，具体问题具体分析，综合运用严密的逻辑思维、协调的系统思维、高度的抽象思维、合理的跳跃思维、适当的逆向思维、必要的创新思维，在研究中既力求做到自圆其说，又尽量趋向唯一正确，以逐步求得问题的科学解决。笔者研究三部名著成书之谜，正是遵循这样的原则、态度和方法。只有成书之谜解决好了，三部名著的研究才会健康地向纵深发展。

　　在本书中，关于《三国志通俗演义》成书之谜的探讨，是一个相对独立的单元；关于《水浒传》成书之谜的探讨，也是一个相对独立的单元；关于《西游记》成书之谜的探讨，还是一个相对独立的单元。这三个相对独立的单元相互贯通、彼此佐证，形成一个比较完好的整体。依托这个整体，三部名著成书之谜得到若干新说明。最值得关注的是，有一位著名人士为三部名著都付出辛劳和智慧，堪称至伟。

　　鉴于本书对三部名著成书之谜的论证比较复杂，笔者在此列一表格，将基本研究思路比较集中而清晰地展现出来。

成书之谜　　小说名称	关于成书之谜的基本线索和依据	关于成书之谜的基本结论
《三国志通俗演义》	在《三国志通俗演义》全书二十四卷中，前十六卷和后八卷存在若干出入与矛盾。	《三国志通俗演义》前十六卷作者是罗贯中，后八卷作者是施耐庵。
	罗贯中杂剧《宋太祖龙虎风云会》的大量字词和句式，反复出现于《三国志通俗演义》前十六卷范围内，而与此小说后八卷无关。	
	《三国志通俗演义》前十六卷内容基本属于东汉末期，后八卷内容基本属于三国时期；王道生所作《施耐庵墓志》记载，施耐庵的著作包括《三国志通俗演义》在内。	

成书之谜\小说名称	关于成书之谜的基本线索和依据	关于成书之谜的基本结论
《水浒传》	《三国志通俗演义》中罗贯中所作前十六卷的许多特有用词和施耐庵所作后八卷的一些特有用词，相互交织于百回本《水浒传》全书范围内。	《水浒传》由施耐庵撰写，罗贯中纂修。
	《三国志通俗演义》中罗贯中所作前十六卷的许多语句，相通、相同或相似于百回本《水浒传》的许多语句；《三国志通俗演义》中施耐庵所作后八卷的一些语句，相通、相同或相似于百回本《水浒传》的一些语句。《水浒传》的这两类语句，相互交织于全书范围内。	
	高儒在《百川书志》中记载："《忠义水浒传》一百卷。……施耐庵的本，罗贯中编次。"	
《西游记》	《西游记》的大量语句，相通、相同或相似于百回本《水浒传》的大量语句；所有这些语句，既涉及《西游记》中非常广阔的范围，又涉及《水浒传》中非常广阔的范围。《水浒传》由施耐庵撰写，罗贯中纂修；王道生所作《施耐庵墓志》完整列举施耐庵著作时，没有提到《西游记》。	《西游记》作者是罗贯中。
	《西游记》的大量语句，相通、相同或相似于《三国志通俗演义》的大量语句。《西游记》的那些语句，比较均匀地分布在全书范围内；《三国志通俗演义》的那些语句，比较均匀地分布在罗贯中所作前十六卷范围内，而与施耐庵所作后八卷无关。	

　　最后需要说明的是，本书脚注涉及一些公开出版物，其中部分公开出版物所署作者之名有别于笔者的观点。本书脚注写入这些公开出版物时，其作者皆从公开出版物的署名。

目　录

第一章
《三国志通俗演义》成书之谜

研究《三国志通俗演义》成书之谜，需要在该书作者问题上实现新突破。《三国志通俗演义》的作者，经常被说成罗贯中。应该承认，罗贯中对该书做出过重要贡献。然而，将该书作者笼统地归结为罗贯中，是不够准确的。鉴于这种情况，笔者进行一些探讨。

一、《三国志通俗演义》中的若干矛盾，初步说明该书前十六卷和后八卷出自两人之手

笔者在研究嘉靖壬午本《三国志通俗演义》二十四卷内容的过程中，发现一些矛盾。

在《三国志通俗演义》中，卷之一说，夏侯惇"闻知曹操起兵，与同族弟夏侯渊来协助"[1]。卷之九说，张飞见曹操"后军阵脚挪动，飞挺枪大叫曰：'战又不战，退又不退！'说声未绝，曹操身边夏侯霸惊得肝胆碎裂，倒撞于马下"[2]。在卷之二十一中，夏侯霸又出现，而且是夏侯渊之子。在卷之二十二中，夏侯霸声称"吾祖父于国家多建勤劳"[3]。卷之二十三提及"夏侯霸阵亡"[4]。既然在卷之一中曹操刚起事时夏侯渊就去出力报

---

[1] 罗贯中著：《三国志通俗演义》，上海古籍出版社 1980 年版，第 40 页。

[2] 罗贯中著：《三国志通俗演义》，上海古籍出版社 1980 年版，第 413 页。

[3] 罗贯中著：《三国志通俗演义》，上海古籍出版社 1980 年版，第 1047 页。

[4] 罗贯中著：《三国志通俗演义》，上海古籍出版社 1980 年版，第 1112 页。

效，那么，在卷之二十一指明夏侯霸是夏侯渊之子以后，为何在卷之二十二中夏侯霸认为"吾祖父于国家多建勤劳"？既然在卷之九中夏侯霸已经肝胆碎裂，那么，为何在卷之二十一、卷之二十二中夏侯霸仍然出现？为何在卷之二十三中夏侯霸再度死亡？所有这些情况，都不能自圆其说。可见，卷之一、卷之九与卷之二十一、卷之二十二、卷之二十三发生矛盾。

在《三国志通俗演义》中，卷之二说："孙坚有四子，皆吴夫人之所生：长子名策，字伯符；次子名权，字仲谋；三子名翊，字叔弼；四子名匡，字季佐。"❶ 卷之二又说，孙坚"过房俞氏一子，名韶，字公礼"❷。卷之十七说："孙河，字伯海，本姓俞氏。孙策爱之，待如亲弟，赐姓孙氏，因此亦系吴王宗族。"❸ 在卷之十八中，提到"吴王侄孙韶"❹；吴王孙权强调，孙韶"是孙伯海之亲侄"，"本姓俞氏，孤兄甚爱，乃赐姓孙"❺。按照卷之二的说法，本来姓俞的孙韶比孙坚小一辈；这个情况，意味着孙韶与孙策、孙权是同一辈。然而，在卷之十七中，本来姓俞、与孙策同辈之人不再是孙韶，而是变成孙河；而孙韶本人，在卷之十八中变成孙河之侄，亦是孙权之侄。于是，卷之二与卷之十七、卷之十八发生矛盾。

❶ 罗贯中著：《三国志通俗演义》，上海古籍出版社 1980 年版，第 65 页。
❷ 罗贯中著：《三国志通俗演义》，上海古籍出版社 1980 年版，第 66 页。
❸ 罗贯中著：《三国志通俗演义》，上海古籍出版社 1980 年版，第 791 页。
❹ 罗贯中著：《三国志通俗演义》，上海古籍出版社 1980 年版，第 832 页。
❺ 罗贯中著：《三国志通俗演义》，上海古籍出版社 1980 年版，第 833 页。

在《三国志通俗演义》中，刘备早年有甘夫人、糜夫人。卷之四说："因糜竺以妹嫁玄德为次妻，便以家僮十余人，金帛粮食资给用费。玄德与糜竺有郎舅之亲，故令竺并弟糜芳守护中军，保着老小。"❶卷之七说："时建安十二年春，甘夫人降生刘禅。"❷这就指明，刘禅并非糜夫人所生。在卷之十七中，已经背弃刘备的糜芳，想重新回到业已称帝的刘备身边。为此，糜芳与傅士仁有这样的对话："仁曰：'……去必有祸。'芳曰：'先主宽仁厚德，目今阿斗太子是我外甥，先主但念我国戚之情，必不肯加害。'"❸所谓"阿斗"，就是刘禅。糜芳欲回归蜀汉，强调"阿斗太子是我外甥"，意在强调刘备看在这层关系上会对糜芳不咎既往。然而问题在于，刘禅并非糜夫人所生，刘禅与糜芳没有血缘关系；糜芳与其强调"阿斗太子是我外甥"，不如声称"蜀主与我有郎舅之亲"。所以，卷之七与卷之十七发生矛盾。

在《三国志通俗演义》卷之八中，刘玄德三顾茅庐，见到诸葛孔明。"孔明……曰：'……益州险塞，沃野千里，天府之土，高祖因之以成帝业。刘璋暗弱，张鲁在北，民实国富，而不知存恤，智能之士思得明主。将军……霸业可成，汉室可兴矣。'孔明言罢，命童子将画一轴挂于正堂，指而言曰：'乃西蜀五十

---

❶ 罗贯中著：《三国志通俗演义》，上海古籍出版社1980年版，第183页。

❷ 罗贯中著：《三国志通俗演义》，上海古籍出版社1980年版，第335页。

❸ 罗贯中著：《三国志通俗演义》，上海古籍出版社1980年版，第798—799页。

四州之图也。……'"❶ 在卷之十二中，刘玄德和张松有过交往。"松曰：'益州险塞，沃野千里，民殷国富；人杰地灵，带甲十万；智能之士，久慕皇叔之德。……霸业可成，汉室可兴矣。'……松于袖中取出一图，递与玄德，曰：'……但将此图观看，一日便知蜀中之道矣。'"❷ 在卷之二十四中，锺会和姜维议事。"维袖中取一图与会曰：'昔日武侯出茅庐时，以献先帝，曰："益州之地，沃野千里，民殷国富，可为霸业。"先帝因此遂创成都矣。……'"❸ 通过比较前述三则材料，可以发现：所谓"沃野千里，民殷国富"，与其说是诸葛亮对刘备所言，不如说是张松对刘备所言；至于姜维袖中之图，与其说是诸葛亮堂上之画，不如说是张松袖中之图。所以，卷之八、卷之十二与卷之二十四发生矛盾。

《三国志通俗演义》卷之十五说："黄忠逼到定军山下，与法正商议。正以手指之曰：'定军山西，巍然有一座高山，四下皆是险道。此山上足可视定军山之虚实。将军若取得此山，定军山只在掌中也。'……忠引军士……得了山顶，正与定军山相对。"夏侯渊听说"黄忠夺了对山"，率军"围住了对山。……黄忠一马当先，骤下山来，犹如天崩地塌之势。夏侯渊措手不

❶ 罗贯中著：《三国志通俗演义》，上海古籍出版社 1980 年版，第 369 页。

❷ 罗贯中著：《三国志通俗演义》，上海古籍出版社 1980 年版，第 574 - 575 页。

❸ 罗贯中著：《三国志通俗演义》，上海古籍出版社 1980 年版，第 1143 页。

及，被黄忠赶到麾盖之下，大喝一声，有如雷吼。渊未及相迎，宝刀初落，连头带背，砍为两段"❶。这则材料说明，夏侯渊死于定军山西面的对山，而非殁于定军山。卷之二十四说，锺会"勒马回顾乡导官曰：'此何山也？'乡导官曰：'此乃定军山也。昔日夏侯渊殁于此处。'"❷ 可见，卷之十五与卷之二十四发生矛盾。

综上所述，发生矛盾的各卷可以分为两部分：一部分包括卷之一、卷之二、卷之七、卷之八、卷之九、卷之十二、卷之十五，另一部分包括卷之十七、卷之十八、卷之二十一、卷之二十二、卷之二十三、卷之二十四；前一部分以卷之一打头，后一部分以卷之十七打头。由于这些情况，笔者初步判断：在《三国志通俗演义》的二十四卷中，卷之一至卷之十六属于一种状态，卷之十七至卷之二十四属于另一种状态，该书前十六卷和后八卷应该分别出自两人之手。

二、《宋太祖龙虎风云会》和《三国志通俗演义》若干比较，加上有关文字记载，充分说明《三国志通俗演义》前十六卷和后八卷作者分别是罗贯中、施耐庵

明代无名氏的《录鬼簿续编》，提到了罗贯中的杂剧《赵太

❶ 罗贯中著：《三国志通俗演义》，上海古籍出版社 1980 年版，第 684 页。
❷ 罗贯中著：《三国志通俗演义》，上海古籍出版社 1980 年版，第 1122 页。

祖龙虎风云会》❶。所谓《赵太祖龙虎风云会》，又称《宋太祖龙虎风云会》。既然该杂剧的作者是罗贯中，而《三国志通俗演义》的作者也往往被说成罗贯中，那么，有必要探讨这两部作品的关系。

笔者在《宋太祖龙虎风云会》中提取了许多字词，并且考察了它们在嘉靖壬午本《三国志通俗演义》中的存在状况。

在《宋太祖龙虎风云会》中，"觞"出现 1 次，涉及第三折。在《三国志通俗演义》中，"觞"出现 3 次，涉及卷之二、卷之十二、卷之十六。

在《宋太祖龙虎风云会》中，"篆"出现 1 次，涉及第三折。在《三国志通俗演义》中，"篆"出现 3 次，涉及卷之二、卷之十六。

在《宋太祖龙虎风云会》中，"铭"出现 1 次，涉及第三折。在《三国志通俗演义》中，"铭"出现 3 次，涉及卷之三、卷之十二、卷之十三。

在《宋太祖龙虎风云会》中，"翅"出现 1 次，涉及第三折。在《三国志通俗演义》中，"翅"出现 5 次，涉及卷之六、卷之八、卷之十、卷之十二、卷之十六。

在《宋太祖龙虎风云会》中，"诵"出现 1 次，涉及第二折。在《三国志通俗演义》中，"诵"出现 20 次，涉及卷之一、

---

❶ 朱一玄、刘毓忱编：《水浒传资料汇编》，南开大学出版社 2002 年版，第 117 页。

卷之五、卷之六、卷之七、卷之八、卷之九、卷之十、卷之
十二。

在《宋太祖龙虎风云会》中，"俺"出现 7 次，涉及第一
折、第二折、第三折。在《三国志通俗演义》中，"俺"出现 19
次，涉及卷之一、卷之五、卷之七、卷之八、卷之九、卷之十
一、卷之十二、卷之十三。

在《宋太祖龙虎风云会》中，"长男"出现 1 次，涉及楔
子。在《三国志通俗演义》中，"长男"出现 3 次，涉及卷之
四、卷之六、卷之十二。

在《宋太祖龙虎风云会》中，"闲行"出现 1 次，涉及第一
折。在《三国志通俗演义》中，"闲行"出现 3 次，涉及卷之
一、卷之十四。

在《宋太祖龙虎风云会》中，"报答"出现 1 次，涉及第一
折。在《三国志通俗演义》中，"报答"出现 3 次，涉及卷之
五、卷之九、卷之十四。

在《宋太祖龙虎风云会》中，"议定"出现 1 次，涉及第二
折。在《三国志通俗演义》中，"议定"出现 3 次，涉及卷之
四、卷之八、卷之十六。

在《宋太祖龙虎风云会》中，"何妨"出现 1 次，涉及第三
折。在《三国志通俗演义》中，"何妨"出现 3 次，涉及卷之
二、卷之六、卷之十二。

在《宋太祖龙虎风云会》中，"天寒"出现 1 次，涉及第三

折。在《三国志通俗演义》中，"天寒"出现3次，涉及卷之八、卷之十四。

在《宋太祖龙虎风云会》中，"禁军"出现1次，涉及楔子。在《三国志通俗演义》中，"禁军"出现4次，涉及卷之一、卷之二、卷之十六。

在《宋太祖龙虎风云会》中，"你等"出现1次，涉及第二折；需要指出的是，《宋太祖龙虎风云会》中的"你等"，意思是"你们"。这个意思的"你等"，在《三国志通俗演义》中出现4次，涉及卷之六、卷之九、卷之十三、卷之十四。

在《宋太祖龙虎风云会》中，"灯下"出现1次，涉及第三折。在《三国志通俗演义》中，"灯下"出现4次，涉及卷之六、卷之十二、卷之十六。

在《宋太祖龙虎风云会》中，"招募"出现1次，涉及楔子。在《三国志通俗演义》中，"招募"出现5次，涉及卷之一、卷之八、卷之十二。

在《宋太祖龙虎风云会》中，"荆棘"出现1次，涉及第一折。在《三国志通俗演义》中，"荆棘"出现5次，涉及卷之一、卷之三、卷之四、卷之十四。

在《宋太祖龙虎风云会》中，"接待"出现1次，涉及第一折。在《三国志通俗演义》中，"接待"出现5次，涉及卷之四、卷之八、卷之十五。

在《宋太祖龙虎风云会》中，"慌走"出现1次，涉及第三折。在《三国志通俗演义》中，"慌走"出现5次，涉及卷之一、卷之二、卷之三、卷之四、卷之十四。

在《宋太祖龙虎风云会》中，"兜鍪"出现1次，涉及楔子。在《三国志通俗演义》中，"兜鍪"出现6次，涉及卷之二、卷之三、卷之十、卷之十二。

在《宋太祖龙虎风云会》中，"马头"出现1次，涉及第一折。在《三国志通俗演义》中，"马头"出现6次，涉及卷之三、卷之四、卷之十、卷之十一、卷之十二。

在《宋太祖龙虎风云会》中，"弃却"出现1次，涉及第二折。在《三国志通俗演义》中，"弃却"出现6次，涉及卷之二、卷之九、卷之十一、卷之十六。

在《宋太祖龙虎风云会》中，"招降"出现1次，涉及第三折。在《三国志通俗演义》中，"招降"出现6次，涉及卷之一、卷之四、卷之六、卷之七、卷之十六。

在《宋太祖龙虎风云会》中，"好生"出现1次，涉及第三折；需要指出的是，《宋太祖龙虎风云会》中的"好生"，意思是"好好地"。这个意思的"好生"，在《三国志通俗演义》中出现6次，涉及卷之二、卷之四、卷之六、卷之九、卷之十四、卷之十五。

在《宋太祖龙虎风云会》中，"何须"出现1次，涉及第三折。在《三国志通俗演义》中，"何须"出现6次，涉及卷之二、卷之八、卷之十二、卷之十四、卷之十五。

在《宋太祖龙虎风云会》中，"几何"出现 1 次，涉及第一折。在《三国志通俗演义》中，"几何"出现 8 次，涉及卷之二、卷之六、卷之八、卷之九、卷之十、卷之十二。

在《宋太祖龙虎风云会》中，"睡着"出现 1 次，涉及第二折。在《三国志通俗演义》中，"睡着"出现 10 次，涉及卷之四、卷之八、卷之九、卷之十四、卷之十五。

在《宋太祖龙虎风云会》中，"小弟"出现 1 次，涉及第一折。在《三国志通俗演义》中，"小弟"出现 12 次，涉及卷之三、卷之四、卷之五、卷之六、卷之八、卷之十三、卷之十六。

在《宋太祖龙虎风云会》中，"通报"出现 2 次，涉及第一折。在《三国志通俗演义》中，"通报"出现 5 次，涉及卷之六、卷之七、卷之十、卷之十三。

在《宋太祖龙虎风云会》中，"黎民"出现 2 次，涉及第一折、第二折。在《三国志通俗演义》中，"黎民"出现 6 次，涉及卷之一、卷之三、卷之四、卷之十三、卷之十五。

在《宋太祖龙虎风云会》中，"晓夜"出现 2 次，涉及第三折。在《三国志通俗演义》中，"晓夜"出现 9 次，涉及卷之一、卷之二、卷之九、卷之十、卷之十二、卷之十三、卷之十五。

在《宋太祖龙虎风云会》中，"正如"出现 2 次，涉及第三折。在《三国志通俗演义》中，"正如"出现 10 次，涉及卷之三、卷之四、卷之六、卷之八、卷之九、卷之十六。

在《宋太祖龙虎风云会》中,"吞并"出现2次,涉及第一折、第二折。在《三国志通俗演义》中,"吞并"出现22次,涉及卷之二、卷之三、卷之七、卷之九、卷之十一、卷之十二、卷之十三、卷之十五、卷之十六。

在《宋太祖龙虎风云会》中,"纳土"出现3次,涉及第二折、第四折。在《三国志通俗演义》中,"纳土"出现3次,涉及卷之九、卷之十三、卷之十六。

在《宋太祖龙虎风云会》中,"拜舞"出现3次,涉及第四折。在《三国志通俗演义》中,"拜舞"出现4次,涉及卷之四、卷之八、卷之十六。

在《宋太祖龙虎风云会》中,"商量"出现3次,涉及第三折。在《三国志通俗演义》中,"商量"出现7次,涉及卷之三、卷之四、卷之五、卷之十一、卷之十二。

在《宋太祖龙虎风云会》中,"嫂嫂"出现4次,涉及第三折。在《三国志通俗演义》中,"嫂嫂"出现31次,涉及卷之三、卷之五、卷之六、卷之九、卷之十一、卷之十三。

以上这些字词,涉及《宋太祖龙虎风云会》楔子、第一折、第二折、第三折、第四折,涉及《三国志通俗演义》卷之一、卷之二、卷之三、卷之四、卷之五、卷之六、卷之七、卷之八、卷之九、卷之十、卷之十一、卷之十二、卷之十三、卷之十四、卷之十五、卷之十六。也就是说,涉及《宋太祖龙虎风云会》的各个部分;涉及《三国志通俗演义》前十六卷,而与后八卷无缘。这些情况，意味着《三国志通俗演义》前十六卷和《宋太祖龙虎风云会》具有密切关系。

笔者又在《宋太祖龙虎风云会》中提取了若干语句，并且考察了其中有关表达和句式在嘉靖壬午本《三国志通俗演义》中的存在状况。

在《宋太祖龙虎风云会》楔子中，石守信对王全斌道，"可备礼帛鞍马"❶；在这里，出现"可备"之表达。这个表达，在《三国志通俗演义》中出现3次。在该书卷之三中，曹操向汉献帝奏道，"城廓宫室，钱粮民物，足可备矣"❷。在卷之十二中，张松对刘璋道，"主公可备进献之物"❸。在卷之十四中，管辂对赵颜道，"汝可备净酒一樽，鹿脯一块"❹。

在《宋太祖龙虎风云会》中，第二折提及"众皆跪"❺；在这里，出现"皆跪"之表达。这个表达，在《三国志通俗演义》中出现3次。该书卷之四提及百姓"皆跪"❻，卷之十提及"众官皆跪"❼，卷之十二提及"两班文武皆跪"❽。

在《宋太祖龙虎风云会》第二折中，赵匡胤对众将道，"能

---

❶ 隋树森编：《元曲选外编》，中华书局1959年版，第617页。

❷ 罗贯中著：《三国志通俗演义》，上海古籍出版社1980年版，第135页。

❸ 罗贯中著：《三国志通俗演义》，上海古籍出版社1980年版，第569页。

❹ 罗贯中著：《三国志通俗演义》，上海古籍出版社1980年版，第664页。

❺ 隋树森编：《元曲选外编》，中华书局1959年版，第622页。

❻ 罗贯中著：《三国志通俗演义》，上海古籍出版社1980年版，第186页。

❼ 罗贯中著：《三国志通俗演义》，上海古籍出版社1980年版，第456页。

❽ 罗贯中著：《三国志通俗演义》，上海古籍出版社1980年版，第553页。

从我命则可"❶。在这里，出现"能从"之表达。这个表达，在《三国志通俗演义》中出现3次。在该书卷之五中，关羽对张辽道，"若曹公能从我，即当解甲"❷。在卷之十一中，孙夫人对刘备道："我有一计，汝能从否？"❸ 在卷之十四中，金祎对耿纪、韦晃道："吾累世汉朝臣宰，安能从贼！"❹

在《宋太祖龙虎风云会》第一折中，苗训对赵匡胤道："主公正应九五飞龙在天之数。"❺ 在这里，出现"正应"之表达。这个表达，在《三国志通俗演义》中出现4次。在该书卷之二中，李儒对董卓道："此言正应丞相旺在长安，具福之地也。"❻ 在卷之六中，赵云对刘备道："今天幸得遇主公，正应昨夜之佳梦也。"❼ 在卷之七中，土人对曹操道，"官渡一战，破袁绍百万之众，正应当时殷馗之言"❽。在卷之十二中，贾诩对曹操道，若马超"只猜是韩遂……自改抹也，正应单马会话之疑"❾。

在《宋太祖龙虎风云会》第三折中，赵匡胤对张千道："冲

---

❶ 隋树森编：《元曲选外编》，中华书局1959年版，第622页。

❷ 罗贯中著：《三国志通俗演义》，上海古籍出版社1980年版，第241页。

❸ 罗贯中著：《三国志通俗演义》，上海古籍出版社1980年版，第525页。

❹ 罗贯中著：《三国志通俗演义》，上海古籍出版社1980年版，第668页。

❺ 隋树森编：《元曲选外编》，中华书局1959年版，第618页。

❻ 罗贯中著：《三国志通俗演义》，上海古籍出版社1980年版，第52页。

❼ 罗贯中著：《三国志通俗演义》，上海古籍出版社1980年版，第279页。

❽ 罗贯中著：《三国志通俗演义》，上海古籍出版社1980年版，第305页。

❾ 罗贯中著：《三国志通俗演义》，上海古籍出版社1980年版，第564页。

寒风冒瑞雪来相访。"❶ 在这里，出现"相访"之表达。这个表达，在《三国志通俗演义》中出现 4 次。在该书卷之五中，董承对刘备道，"白日乘马相访，正当其礼"❷。卷之六说："关公正寻思之间，忽报有故人相访。"❸ 在卷之九中，蒋干命人报周瑜："故人蒋干特来相访。"❹ 卷之十三说："庞统退归馆舍，门吏忽报有客特来相访。"❺

在《宋太祖龙虎风云会》中，第四折提及"凯歌声直透青云内"❻；在这里，出现"直透"之表达。这个表达，在《三国志通俗演义》中出现 4 次。该书卷之二提及"一戟直透咽喉"❼；卷之六提及"军人用铁锹暗打地道，直透曹营"❽；卷之九提及"赵云身抱后主在怀中，直透重围"❾；卷之十五提及"乌头药毒，直透入骨"❿。

在《宋太祖龙虎风云会》第四折中，赵普于蜀王面前提及"你道是愿听纶音"⓫；在这里，出现"愿听"之表达。这个表

---

❶ 隋树森编：《元曲选外编》，中华书局 1959 年版，第 625 页。
❷ 罗贯中著：《三国志通俗演义》，上海古籍出版社 1980 年版，第 205 页。
❸ 罗贯中著：《三国志通俗演义》，上海古籍出版社 1980 年版，第 256 页。
❹ 罗贯中著：《三国志通俗演义》，上海古籍出版社 1980 年版，第 445 页。
❺ 罗贯中著：《三国志通俗演义》，上海古籍出版社 1980 年版，第 601 页。
❻ 隋树森编：《元曲选外编》，中华书局 1959 年版，第 631 页。
❼ 罗贯中著：《三国志通俗演义》，上海古籍出版社 1980 年版，第 83 页。
❽ 罗贯中著：《三国志通俗演义》，上海古籍出版社 1980 年版，第 294 页。
❾ 罗贯中著：《三国志通俗演义》，上海古籍出版社 1980 年版，第 409 页。
❿ 罗贯中著：《三国志通俗演义》，上海古籍出版社 1980 年版，第 719 页。
⓫ 隋树森编：《元曲选外编》，中华书局 1959 年版，第 631 页。

达，在《三国志通俗演义》中出现6次。在该书卷之三中，徐晃于满宠面前表示"愿听公言"❶；在卷之五中，刘备于给袁绍的书信中表示"愿听察焉"❷；在卷之六中，关定于刘备面前表示"愿听严令"❸；在卷之十一中，赵云于诸葛亮面前表示"愿听军师密旨"❹；在卷之十四中，严颜于黄忠面前表示"愿听将军之命"❺；在卷之十六中，关羽于普净禅师面前表示"愿听清海"❻。

在《宋太祖龙虎风云会》中，第一折提及"岁在庚申"❼；在这里，出现"岁在"之表达。这个表达，在《三国志通俗演义》中出现7次。该书卷之一提及"岁在甲子"❽，卷之二提及"岁在辛未""岁在壬申"❿，卷之三提及"岁在甲戌"⓫，卷之十三提及"岁在壬辰"⓬，卷之十四提及"岁在丙申"⓭，卷之十五提及"岁在己亥"⓮。

---

❶ 罗贯中著：《三国志通俗演义》，上海古籍出版社1980年版，第136页。
❷ 罗贯中著：《三国志通俗演义》，上海古籍出版社1980年版，第215页。
❸ 罗贯中著：《三国志通俗演义》，上海古籍出版社1980年版，第278页。
❹ 罗贯中著：《三国志通俗演义》，上海古籍出版社1980年版，第518页。
❺ 罗贯中著：《三国志通俗演义》，上海古籍出版社1980年版，第676页。
❻ 罗贯中著：《三国志通俗演义》，上海古籍出版社1980年版，第741页。
❼ 隋树森编：《元曲选外编》，中华书局1959年版，第617页。
❽ 罗贯中著：《三国志通俗演义》，上海古籍出版社1980年版，第3页。
❾ 罗贯中著：《三国志通俗演义》，上海古籍出版社1980年版，第68页。
❿ 罗贯中著：《三国志通俗演义》，上海古籍出版社1980年版，第83页。
⓫ 罗贯中著：《三国志通俗演义》，上海古籍出版社1980年版，第112页。
⓬ 罗贯中著：《三国志通俗演义》，上海古籍出版社1980年版，第583页。
⓭ 罗贯中著：《三国志通俗演义》，上海古籍出版社1980年版，第656页。
⓮ 罗贯中著：《三国志通俗演义》，上海古籍出版社1980年版，第686页。

在《宋太祖龙虎风云会》第一折中，赵匡胤宣称，赵普、曹彬、郑恩、楚昭辅"皆与我相交至密，结为弟兄"❶；赵普自称，"结义大公子为弟兄"❷。在这些语句中，"为弟兄"之表达出现2次。这个表达，在《三国志通俗演义》中出现4次。该书卷之四说，曹操"命刘备与吕布结为弟兄"❸。在卷之十二中，马腾"与镇西将军韩遂为弟兄"❹，所以韩遂于马超面前提及"吾与汝父结为弟兄"❺。在卷之十四中，诸葛亮于刘备面前提及"主公与益德许多年为弟兄"❻。

在《宋太祖龙虎风云会》第一折中，赵匡胤对苗训道："先生莫不吃酒来？""莫不你酒力禁持眼界花？"❼ 这两句话不但出现"莫不"之表达，而且呈现问句之语气。这种情况，在《三国志通俗演义》中出现3次。在该书卷之一中，卢植对董卓道："汝莫不待篡汉天下耶？"❽ 在卷之八中，刘备对徐庶道："元直此来，莫不无去意乎？"❾ 在卷之十四中，鲁肃就荆州问题对关

❶ 隋树森编：《元曲选外编》，中华书局1959年版，第617页。
❷ 隋树森编：《元曲选外编》，中华书局1959年版，第620页。
❸ 罗贯中著：《三国志通俗演义》，上海古籍出版社1980年版，第175页。
❹ 罗贯中著：《三国志通俗演义》，上海古籍出版社1980年版，第547页。
❺ 罗贯中著：《三国志通俗演义》，上海古籍出版社1980年版，第551页。
❻ 罗贯中著：《三国志通俗演义》，上海古籍出版社1980年版，第672页。
❼ 隋树森编：《元曲选外编》，中华书局1959年版，第618页。
❽ 罗贯中著：《三国志通俗演义》，上海古籍出版社1980年版，第28页。
❾ 罗贯中著：《三国志通俗演义》，上海古籍出版社1980年版，第355页。

羽道：“至今并无归还之意，其理莫不失信乎？”❶

在《宋太祖龙虎风云会》第一折中，苗训自称，“某姓苗名训，字光裔”❷。在第二折中，钱俶自称，“某姓钱名俶，字文德”；李煜自称，“某姓李名煜，字重光”❸。在这些语句中，“某姓……名……字……”之句式出现3次。这个句式，在《三国志通俗演义》中出现3次。在该书卷之一中，陈宫自称：“某姓陈，名宫，字公台。”❹在卷之八中，甘宁自称，“某姓甘，名宁，字兴霸”❺。在卷之十中，庞统自称：“某姓庞，名统，字士元。”❻

以上这些表达和句式，涉及《宋太祖龙虎风云会》楔子、第一折、第二折、第三折、第四折，涉及《三国志通俗演义》卷之一、卷之二、卷之三、卷之四、卷之五、卷之六、卷之七、卷之八、卷之九、卷之十、卷之十一、卷之十二、卷之十三、卷之十四、卷之十五、卷之十六。也就是说，涉及《宋太祖龙虎风云会》的各个部分；涉及《三国志通俗演义》前十六卷，而与后八卷无缘。这些情况，仍然意味着《三国志通俗演义》前十六卷和《宋太祖龙虎风云会》具有密切关系。

既然《三国志通俗演义》二十四卷中的前十六卷和罗贯中

---

❶ 罗贯中著：《三国志通俗演义》，上海古籍出版社1980年版，第635页。

❷ 隋树森编：《元曲选外编》，中华书局1959年版，第617页。

❸ 隋树森编：《元曲选外编》，中华书局1959年版，第624页。

❹ 罗贯中著：《三国志通俗演义》，上海古籍出版社1980年版，第38页。

❺ 罗贯中著：《三国志通俗演义》，上海古籍出版社1980年版，第375页。

❻ 罗贯中著：《三国志通俗演义》，上海古籍出版社1980年版，第463页。

的《宋太祖龙虎风云会》具有密切关系，而前十六卷的故事基本属于东汉末期，后八卷的故事基本属于三国时期，加上明朝人王道生撰写的《施耐庵墓志》确认施耐庵著作包括《三国志通俗演义》在内❶，那么，现在可以判断：《三国志通俗演义》前十六卷作者是罗贯中，后八卷作者是施耐庵。

三、《三国志通俗演义》脱稿于元末或明初，而其创作必相关于元朝时期

王道生在《施耐庵墓志》中记载，施耐庵"生于元贞丙申岁，……曾官钱塘二载，以不合当道权贵，弃官归里，闭门著述，追溯旧闻"。"盖公殁于明洪武庚戌岁，享年七十有五。"❷元贞丙申岁，时值公元 1296 年；洪武庚戌岁，时值公元 1370 年。而在 1368 年，明朝建立，元朝灭亡。施耐庵一生的绝大部分处于元朝时期，他在明朝时期只度过短暂两年。可见，《三国志通俗演义》中施耐庵负责的后八卷创作或基本创作于元朝时期。

无名氏的《录鬼簿续编》记载，罗贯中"与余为忘年交。遭时多故，天各一方。至正甲辰复会。别后又六十年，竟不知其

---

❶ 朱一玄、刘毓忱编：《水浒传资料汇编》，南开大学出版社 2002 年版，第 120 页。

❷ 朱一玄、刘毓忱编：《水浒传资料汇编》，南开大学出版社 2002 年版，第 120 页。

所终"❶。至正甲辰，时值公元 1364 年。王道生在《施耐庵墓志》中记载，施耐庵殁时"余尚垂髫，及长，得识其门人罗贯中于闽"❷。综合分析这些材料，可以知道：罗贯中应比他的老师施耐庵小几十岁，施耐庵去世以后罗贯中继续生活数十载。至于《三国志通俗演义》中罗贯中负责的前十六卷，当脱稿于元末或明初。

完全可以讲，《三国志通俗演义》脱稿于元末或明初，而其创作必相关于元朝时期。曾经历元朝统治的施耐庵和罗贯中，借助《三国志通俗演义》中的汉室，表达了对汉族政权的情感。

---

❶ 朱一玄、刘毓忱编：《水浒传资料汇编》，南开大学出版社 2002 年版，第117 页。

❷ 朱一玄、刘毓忱编：《水浒传资料汇编》，南开大学出版社 2002 年版，第120 页。

第二章
《水浒传》成书之谜

《水浒传》成书之谜，关键在于该书作者问题。有的观点认为该书作者是施耐庵，有的观点认为该书作者是罗贯中，有的观点认为该书是施耐庵、罗贯中合著。鉴于这些情况，笔者阐明自己的观点。

一、《三国志通俗演义》和《水浒传》若干比较，加上有关文字记载，充分说明《水浒传》由施耐庵撰写、罗贯中纂修

既然人们认为《水浒传》或者与施耐庵有关，或者与罗贯中有关，或者与施耐庵、罗贯中二人都有关，而笔者在本书第一章中已经得出《三国志通俗演义》前十六卷和后八卷作者分别是罗贯中、施耐庵的结论，那么，不妨将《三国志通俗演义》和《水浒传》做一些比较。

笔者在嘉靖壬午本《三国志通俗演义》中提取了一些用词和短语，并且考察了它们在容与堂本《水浒传》中的存在状况。

在《三国志通俗演义》中，"侵境"出现 4 次，涉及卷之十八、卷之十九。在《水浒传》中，"侵境"出现 3 次，涉及第六十六回、第八十三回、第八十五回。

在《三国志通俗演义》中，"满弓"出现 4 次，涉及卷之一、卷之四、卷之九、卷之十二。在《水浒传》中，"满弓"出现 12 次，涉及第十九回、第三十三回、第三十四回、第三十五

回、第四十一回、第四十七回、第六十八回、第七十八回、第七十九回、第八十回、第八十七回。

在《三国志通俗演义》中，"今上"出现 4 次，涉及卷之一、卷之十六。在《水浒传》中，"今上"出现 19 次，涉及第一回、第三十三回、第三十九回、第四十回、第五十二回、第五十七回、第七十一回、第七十二回、第七十八回、第八十一回、第九十回、第九十七回。

在《三国志通俗演义》中，"形貌"出现 5 次，涉及卷之一、卷之二、卷之六、卷之七、卷之十三。在《水浒传》中，"形貌"出现 5 次，涉及第十二回、第三十二回、第四十一回、第四十二回、第九十一回。

在《三国志通俗演义》中，"客人"出现 6 次，涉及卷之一、卷之六、卷之九、卷之十一。在《水浒传》中，"客人"出现 153 次，涉及引首、第二回、第四回、第五回、第十回、第十一回、第十四回、第十五回、第十六回、第十七回、第十八回、第二十回、第二十三回、第二十四回、第二十七回、第二十九回、第三十一回、第三十二回、第三十三回、第三十五回、第三十六回、第三十七回、第三十九回、第四十回、第四十三回、第四十四回、第四十六回、第四十七回、第五十一回、第五十六回、第五十八回、第六十一回、第六十二回、第六十五回、第六十六回、第七十二回、第七十三回、第八十回、第八十一回、第八十六回、第九十回、第九十一回。

在《三国志通俗演义》中，"边庭"出现8次，涉及卷之十七、卷之十九、卷之二十、卷之二十一、卷之二十三、卷之二十四。在《水浒传》中，"边庭"出现9次，涉及第二回、第十二回、第七十九回、第八十八回、第八十九回、第九十回、第九十九回。

在《三国志通俗演义》中，"出内"出现10次，涉及卷之二十、卷之二十二、卷之二十三、卷之二十四。在《水浒传》中，"出内"出现7次，涉及第八十二回、第八十三回、第九十回、第九十七回、第九十八回。

在《三国志通俗演义》中，"管待"出现12次，涉及卷之一、卷之三、卷之四、卷之五、卷之六、卷之十二、卷之十三、卷之十四、卷之十五。在《水浒传》中，"管待"出现108次，涉及第一回、第二回、第四回、第五回、第六回、第九回、第十回、第十一回、第十二回、第十四回、第十五回、第十九回、第二十回、第二十二回、第二十三回、第二十四回、第二十六回、第二十八回、第三十回、第三十一回、第三十二回、第三十三回、第三十四回、第三十五回、第三十六回、第三十七回、第三十九回、第四十回、第四十一回、第四十三回、第四十五回、第四十九回、第五十回、第五十一回、第五十四回、第五十五回、第五十六回、第五十七回、第五十八回、第五十九回、第六十回、第六十二回、第六十六回、第六十七回、第七十九回、第八十回、第八十一回、第八十二回、第八十三回、第八十五回、第八十六回、第八十八回、第八十九回、第九十回、第九十一回、第九十二回、第九十三回、第九十四回、第九十六回、第九十七回、第九十九回、第一百回。

在《三国志通俗演义》中，"权且"出现 16 次，涉及卷之一、卷之三、卷之四、卷之五、卷之六、卷之七、卷之八、卷之九、卷之十、卷之十一、卷之十二。在《水浒传》中，"权且"出现 39 次，涉及第二回、第五回、第七回、第八回、第九回、第十四回、第十六回、第二十二回、第二十四回、第三十四回、第三十五回、第三十八回、第四十五回、第四十七回、第五十八回、第六十回、第六十二回、第六十四回、第六十五回、第六十七回、第七十回、第七十八回、第八十一回、第八十二回、第八十三回、第八十四回、第八十五回、第八十八回、第九十三回。

在《三国志通俗演义》中，"四时享祭"出现 3 次，涉及卷之十八、卷之二十、卷之二十一。在《水浒传》中，"四时享祭"出现 4 次，涉及第九十七回、第一百回。

在《三国志通俗演义》中，"打听消息"出现 3 次，涉及卷之一、卷之四、卷之十二。在《水浒传》中，"打听消息"出现 7 次，涉及第四十三回、第五十八回、第六十二回、第七十六回、第七十八回、第八十回、第八十六回。

在《三国志通俗演义》中，"金珠宝贝"出现 3 次，涉及卷之十八、卷之二十。在《水浒传》中，"金珠宝贝"出现 21 次，涉及第十三回、第十四回、第十五回、第十六回、第十七回、第十八回、第二十回、第三十九回、第八十一回、第八十二回、第八十五回、第九十九回。

在《三国志通俗演义》中，"以手加额"出现 5 次，涉及卷之十八、卷之十九、卷之二十一、卷之二十二、卷之二十三。在《水浒传》中，"以手加额"出现 5 次，涉及引首、第四十二回、第七十七回、第八十二回。

在《三国志通俗演义》中，"天色已晚"出现 6 次，涉及卷之七、卷之八、卷之十一、卷之十三。在《水浒传》中，"天色已晚"出现 10 次，涉及第五回、第三十九回、第四十三回、第四十七回、第四十八回、第五十七回、第五十九回、第六十二回、第八十五回、第九十八回。

在《三国志通俗演义》中，"不分胜败"出现 6 次，涉及卷之三、卷之六、卷之十三、卷之十四。在《水浒传》中，"不分胜败"出现 28 次，涉及第十二回、第十三回、第十四回、第十七回、第三十二回、第三十四回、第三十五回、第四十四回、第四十八回、第五十回、第五十五回、第五十七回、第五十八回、第六十回、第六十三回、第六十九回、第七十七回、第七十八回、第八十三回、第八十四回、第九十四回、第九十五回、第九十八回。

在《三国志通俗演义》中，"飞奔前来"出现 7 次，涉及卷之一、卷之二、卷之三、卷之五、卷之六、卷之十一。在《水浒传》中，"飞奔前来"出现 5 次，涉及第四十一回、第四十八回、第六十三回、第六十九回、第八十三回。

在《三国志通俗演义》中，"拍马舞刀"出现9次，涉及卷之一、卷之三、卷之六、卷之七、卷之十二、卷之十三、卷之十五、卷之十六。在《水浒传》中，"拍马舞刀"出现7次，涉及第四十八回、第六十四回、第七十回、第七十七回、第八十回、第八十四回。

在《三国志通俗演义》中，"一彪人马"出现12次，涉及卷之一、卷之二、卷之六、卷之七、卷之十五。在《水浒传》中，"一彪人马"出现12次，涉及第三十四回、第五十回、第五十四回、第五十九回、第六十回、第六十三回、第七十七回、第八十四回、第九十一回。

以上用词和短语，包括两种情况：

"侵境""边庭""出内""四时享祭""金珠宝贝""以手加额"这些用词和短语，涉及《三国志通俗演义》卷之十七、卷之十八、卷之十九、卷之二十、卷之二十一、卷之二十二、卷之二十三、卷之二十四，涉及《水浒传》引首、第二回、第十二回、第十三回、第十四回、第十五回、第十六回、第十七回、第十八回、第二十回、第三十九回、第四十二回、第六十六回、第七十七回、第七十九回、第八十一回、第八十二回、第八十三回、第八十五回、第八十八回、第八十九回、第九十回、第九十七回、第九十八回、第九十九回、第一百回。也就是说，涉及《三国志通俗演义》二十四卷范围内的八卷，它们恰好是施耐庵所作后八卷，而与罗贯中所作前十六卷无缘；涉及《水浒传》引首以及一百回范围内的二十五回，分布较均匀。

"满弓""今上""形貌""客人""管待""权且""打听消息""天色已晚""不分胜败""飞奔前来""拍马舞刀""一彪人马"这些用词和短语，涉及《三国志通俗演义》卷之一、卷之二、卷之三、卷之四、卷之五、卷之六、卷之七、卷之八、卷之九、卷之十、卷之十一、卷之十二、卷之十三、卷之十四、卷之十五、卷之十六，涉及《水浒传》引首、第一回、第二回、第四回、第五回、第六回、第七回、第八回、第九回、第十回、第十一回、第十二回、第十三回、第十四回、第十五回、第十六回、第十七回、第十八回、第十九回、第二十回、第二十二回、第二十三回、第二十四回、第二十六回、第二十七回、第二十八回、第二十九回、第三十回、第三十一回、第三十二回、第三十三回、第三十四回、第三十五回、第三十六回、第三十七回、第三十八回、第三十九回、第四十回、第四十一回、第四十二回、第四十三回、第四十四回、第四十五回、第四十六回、第四十七回、第四十八回、第四十九回、第五十回、第五十一回、第五十二回、第五十四回、第五十五回、第五十六回、第五十七回、第五十八回、第五十九回、第六十回、第六十一回、第六十二回、第六十三回、第六十四回、第六十五回、第六十六回、第六十七回、第六十八回、第六十九回、第七十回、第七十一回、第七十二回、第七十三回、第七十六回、第七十七回、第七十八回、第七十九回、第八十回、第八十一回、第八十二回、第八十三回、第八十四回、第八十五回、第八十六回、第八十七回、第八十八回、第八十九回、第九十回、第九十一回、第九十二回、第九十三回、第九十四回、第九十五回、第九十六回、第九十七回、第九十八回、第九十九回、第一百回。也就是说，涉及《三国志通俗演义》二十四卷范围内的十六卷，它们恰好是罗贯中所作前十六卷，而与施耐庵所作后八卷无缘；涉及《水浒传》引首以及一百回范围内的九十四回，分布很均匀。

总起来说，上述《三国志通俗演义》后八卷的用词和短语，较均匀地分布在《水浒传》之中；上述《三国志通俗演义》前十六卷的用词和短语，很均匀地分布在《水浒传》之中。这些情况说明，在《水浒传》之中，施耐庵的习惯用词和短语同罗贯中的习惯用词和短语呈现交织状态。这种状态意味着这样的事实：在施耐庵、罗贯中二人中，有一人首先撰写《水浒传》，其后又有一人纂修《水浒传》。

现在，笔者对嘉靖壬午本《三国志通俗演义》和容与堂本《水浒传》中的若干语句进行一番比较。

在《三国志通俗演义》中，卷之一提及"顿断绒绦走赤兔"❶。在《水浒传》中，第四回提及"顿断绒绦锦鹘子"❷。前

---

❶ 罗贯中著：《三国志通俗演义》，上海古籍出版社1980年版，第51页。

❷ 施耐庵、罗贯中著：《容与堂本水浒传》，凌赓、恒鹤、刁宁校点，上海古籍出版社1988年版，第66页。

者和后者都出现"顿断绒绦"。

在《三国志通俗演义》中，卷之一提及"远望碧云深"❶。在《水浒传》中，第六十回提及"远望绿阴浓"❷。前者和后者在句式与表述上都有雷同之处。

在《三国志通俗演义》中，卷之一提及"青龙宝刀灿霜雪"❸。在《水浒传》中，第六十四回提及"宝刀灿灿霜雪光"❹。前者和后者都将"宝刀"与"霜雪"联系起来。

在《三国志通俗演义》中，卷之一提及"手持画杆方天戟"❺。在《水浒传》中，第七十六回提及"手持画杆方天戟"❻。前者和后者相同。

在《三国志通俗演义》中，卷之一提及"护躯银铠砌龙鳞"❼。在《水浒传》中，第七十六回提及"浑金甲密砌龙鳞"❽。前者和后者都出现"砌龙鳞"。

---

❶ 罗贯中著：《三国志通俗演义》，上海古籍出版社1980年版，第33页。

❷ 施耐庵、罗贯中著：《容与堂本水浒传》，凌赓、恒鹤、刁宁校点，上海古籍出版社1988年版，第890页。

❸ 罗贯中著：《三国志通俗演义》，上海古籍出版社1980年版，第50页。

❹ 施耐庵、罗贯中著：《容与堂本水浒传》，凌赓、恒鹤、刁宁校点，上海古籍出版社1988年版，第949页。

❺ 罗贯中著：《三国志通俗演义》，上海古籍出版社1980年版，第49页。

❻ 施耐庵、罗贯中著：《容与堂本水浒传》，凌赓、恒鹤、刁宁校点，上海古籍出版社1988年版，第1117页。

❼ 罗贯中著：《三国志通俗演义》，上海古籍出版社1980年版，第50页。

❽ 施耐庵、罗贯中著：《容与堂本水浒传》，凌赓、恒鹤、刁宁校点，上海古籍出版社1988年版，第1120页。

在《三国志通俗演义》中，卷之一提及"惟凭立国安邦手，先试青龙偃月刀"❶。在《水浒传》中，第八十二回提及"只凭立国安邦口，来救惊天动地人"❷。前者和后者在句式与表述上都有雷同之处。

在《三国志通俗演义》中，卷之一提及"火龙飞下九天来"❸。在《水浒传》中，第八十八回提及"神兵飞下九天来"❹。前者和后者都出现"飞下九天来"。

在《三国志通俗演义》中，卷之一提及"誓扶王室定太平"❺。在《水浒传》中，第八十九回提及"边塞焉能定太平"❻。前者和后者都出现"定太平"。

在《三国志通俗演义》中，卷之二提及"岂知天地有荣枯"❼。在《水浒传》中，第三十一回提及"岂知天道能昭

❶ 罗贯中著：《三国志通俗演义》，上海古籍出版社 1980 年版，第 7 页。

❷ 施耐庵、罗贯中著：《容与堂本水浒传》，凌赓、恒鹤、刁宁校点，上海古籍出版社 1988 年版，第 1206 页。

❸ 罗贯中著：《三国志通俗演义》，上海古籍出版社 1980 年版，第 30 页。

❹ 施耐庵、罗贯中著：《容与堂本水浒传》，凌赓、恒鹤、刁宁校点，上海古籍出版社 1988 年版，第 1279 页。

❺ 罗贯中著：《三国志通俗演义》，上海古籍出版社 1980 年版，第 50 页。

❻ 施耐庵、罗贯中著：《容与堂本水浒传》，凌赓、恒鹤、刁宁校点，上海古籍出版社 1988 年版，第 1295 页。

❼ 罗贯中著：《三国志通俗演义》，上海古籍出版社 1980 年版，第 83 页。

鉴"❶，第五十二回提及"岂知天宪竟难逃"❷，第九十三回提及"岂知天道不昭明"❸。这些话语在句式与表述上都有雷同之处。

在《三国志通俗演义》中，卷之二提及"威镇西凉立大功"❹。在《水浒传》中，第三十三回提及"威镇三山立大功"❺。前者和后者都出现"威镇……立大功"的句式与表达。

在《三国志通俗演义》中，卷之二提及"渭桥六战最英雄"❻。在《水浒传》中，第四十七回提及"一个女儿最英雄"❼，第六十四回提及"生居河北最英雄"❽，第七十七回提及"水浒寨最英雄"❾。这些话语都出现"最英雄"。

---

❶ 施耐庵、罗贯中著：《容与堂本水浒传》，凌赓、恒鹤、刁宁校点，上海古籍出版社1988年版，第441页。

❷ 施耐庵、罗贯中著：《容与堂本水浒传》，凌赓、恒鹤、刁宁校点，上海古籍出版社1988年版，第773页。

❸ 施耐庵、罗贯中著：《容与堂本水浒传》，凌赓、恒鹤、刁宁校点，上海古籍出版社1988年版，第1355页。

❹ 罗贯中著：《三国志通俗演义》，上海古籍出版社1980年版，第93页。

❺ 施耐庵、罗贯中著：《容与堂本水浒传》，凌赓、恒鹤、刁宁校点，上海古籍出版社1988年版，第477页。

❻ 罗贯中著：《三国志通俗演义》，上海古籍出版社1980年版，第93页。

❼ 施耐庵、罗贯中著：《容与堂本水浒传》，凌赓、恒鹤、刁宁校点，上海古籍出版社1988年版，第696页。

❽ 施耐庵、罗贯中著：《容与堂本水浒传》，凌赓、恒鹤、刁宁校点，上海古籍出版社1988年版，第958页。

❾ 施耐庵、罗贯中著：《容与堂本水浒传》，凌赓、恒鹤、刁宁校点，上海古籍出版社1988年版，第1129页。

在《三国志通俗演义》中，卷之二提及"忠诚贯斗牛"❶。在《水浒传》中，第七十二回提及"浩气冲天贯斗牛"❷，第八十四回提及"志气冲天贯斗牛"❸。这些话语都出现"贯斗牛"。

在《三国志通俗演义》中，卷之三提及"忠良闻说痛伤怀"❹。在《水浒传》中，第八十一回提及"忠良闻者尽欢忻"❺。前者和后者在句式与表述上都有雷同之处。

在《三国志通俗演义》中，卷之四提及"喊声大震三更后"❻。在《水浒传》中，第十回提及"若还下到三更后"❼，第五十六回提及"河倾斗落三更后"❽。这些话语都出现"三更后"。

在《三国志通俗演义》中，卷之四提及"南阳张绣逞英

---

❶ 罗贯中著：《三国志通俗演义》，上海古籍出版社 1980 年版，第 89 页。

❷ 施耐庵、罗贯中著：《容与堂本水浒传》，凌赓、恒鹤、刁宁校点，上海古籍出版社 1988 年版，第 1063 页。

❸ 施耐庵、罗贯中著：《容与堂本水浒传》，凌赓、恒鹤、刁宁校点，上海古籍出版社 1988 年版，第 1225 页。

❹ 罗贯中著：《三国志通俗演义》，上海古籍出版社 1980 年版，第 115 页。

❺ 施耐庵、罗贯中著：《容与堂本水浒传》，凌赓、恒鹤、刁宁校点，上海古籍出版社 1988 年版，第 1179 页。

❻ 罗贯中著：《三国志通俗演义》，上海古籍出版社 1980 年版，第 164 页。

❼ 施耐庵、罗贯中著：《容与堂本水浒传》，凌赓、恒鹤、刁宁校点，上海古籍出版社 1988 年版，第 144 页。

❽ 施耐庵、罗贯中著：《容与堂本水浒传》，凌赓、恒鹤、刁宁校点，上海古籍出版社 1988 年版，第 829 页。

雄"❶。在《水浒传》中，第五十三回提及"一时赤手逞英雄"❷。前者和后者都出现"逞英雄"。

在《三国志通俗演义》中，卷之四提及"虎筋弦响弓开处"❸。在《水浒传》中，第七十六回提及"虎筋弦扣雕弓硬"❹，第八十八回提及"虎筋弦劲悲声号"❺。这些话语都出现"虎筋弦"。

在《三国志通俗演义》中，卷之五提及"堂堂庙貌人瞻仰"❻。在《水浒传》中，第五十九回提及"堂堂庙貌肃威仪"❼。前者和后者都出现"堂堂庙貌"。

在《三国志通俗演义》中，卷之五提及"无端袁术太猖狂"❽。在《水浒传》中，第七十五回提及"两人行事太猖狂"❾。前者和后者都出现"太猖狂"。

---

❶ 罗贯中著：《三国志通俗演义》，上海古籍出版社1980年版，第164页。

❷ 施耐庵、罗贯中著：《容与堂本水浒传》，凌赓、恒鹤、刁宁校点，上海古籍出版社1988年版，第783—784页。

❸ 罗贯中著：《三国志通俗演义》，上海古籍出版社1980年版，第157页。

❹ 施耐庵、罗贯中著：《容与堂本水浒传》，凌赓、恒鹤、刁宁校点，上海古籍出版社1988年版，第1118页。

❺ 施耐庵、罗贯中著：《容与堂本水浒传》，凌赓、恒鹤、刁宁校点，上海古籍出版社1988年版，第1279页。

❻ 罗贯中著：《三国志通俗演义》，上海古籍出版社1980年版，第248页。

❼ 施耐庵、罗贯中著：《容与堂本水浒传》，凌赓、恒鹤、刁宁校点，上海古籍出版社1988年版，第877页。

❽ 罗贯中著：《三国志通俗演义》，上海古籍出版社1980年版，第212页。

❾ 施耐庵、罗贯中著：《容与堂本水浒传》，凌赓、恒鹤、刁宁校点，上海古籍出版社1988年版，第1099页。

在《三国志通俗演义》中，卷之五提及"历观史记英雄将"❶。在《水浒传》中，第七十六回提及"当先涌出英雄将"❷。前者和后者都出现"英雄将"。

在《三国志通俗演义》中，卷之五、卷之六均提及"至死心如铁"❸。在《水浒传》中，第二十一回提及"贪淫妓女心如铁"❹。这些话语都出现"心如铁"。

在《三国志通俗演义》中，卷之六提及"我道将军万古无"❺。在《水浒传》中，第六十九回提及"尧舜推贤万古无"❻。前者和后者都出现"万古无"。

在《三国志通俗演义》中，卷之六提及"应非孟德施奸狡"❼。在《水浒传》中，第六十九回提及"早知暗里施奸狡"❽。前者和后者都出现"施奸狡"。

---

❶ 罗贯中著：《三国志通俗演义》，上海古籍出版社1980年版，第248页。

❷ 施耐庵、罗贯中著：《容与堂本水浒传》，凌赓、恒鹤、刁宁校点，上海古籍出版社1988年版，第1115页。

❸ 罗贯中著：《三国志通俗演义》，上海古籍出版社1980年版，第232、302页。

❹ 施耐庵、罗贯中著：《容与堂本水浒传》，凌赓、恒鹤、刁宁校点，上海古籍出版社1988年版，第293页。

❺ 罗贯中著：《三国志通俗演义》，上海古籍出版社1980年版，第260页。

❻ 施耐庵、罗贯中著：《容与堂本水浒传》，凌赓、恒鹤、刁宁校点，上海古籍出版社1988年版，第1016页。

❼ 罗贯中著：《三国志通俗演义》，上海古籍出版社1980年版，第271页。

❽ 施耐庵、罗贯中著：《容与堂本水浒传》，凌赓、恒鹤、刁宁校点，上海古籍出版社1988年版，第1018页。

在《三国志通俗演义》中，卷之六提及"英雄从此震江山"❶。在《水浒传》中，第八十二回提及"英雄从此作忠良"❷。前者和后者在句式与表述上都有雷同之处。

在《三国志通俗演义》中，卷之七提及"凤毛鸡胆事难成"❸。在《水浒传》中，第十八回提及"惊蛇打草事难成"❹。前者和后者都出现"事难成"。

在《三国志通俗演义》中，卷之八提及"窗外日迟迟"❺。在《水浒传》中，第二回提及"窗外日光弹指过"❻。前者和后者在表述上有雷同之处。

在《三国志通俗演义》中，卷之八提及"万里彤云厚"❼。在《水浒传》中，第二十四回提及"万里彤云密布"❽。前者和后者在表述与寓意上都有雷同之处。

❶ 罗贯中著：《三国志通俗演义》，上海古籍出版社 1980 年版，第 268 页。

❷ 施耐庵、罗贯中著：《容与堂本水浒传》，凌赓、恒鹤、刁宁校点，上海古籍出版社 1988 年版，第 1193 页。

❸ 罗贯中著：《三国志通俗演义》，上海古籍出版社 1980 年版，第 313 页。

❹ 施耐庵、罗贯中著：《容与堂本水浒传》，凌赓、恒鹤、刁宁校点，上海古籍出版社 1988 年版，第 243 页。

❺ 罗贯中著：《三国志通俗演义》，上海古籍出版社 1980 年版，第 368 页。

❻ 施耐庵、罗贯中著：《容与堂本水浒传》，凌赓、恒鹤、刁宁校点，上海古籍出版社 1988 年版，第 25 页。

❼ 罗贯中著：《三国志通俗演义》，上海古籍出版社 1980 年版，第 365 页。

❽ 施耐庵、罗贯中著：《容与堂本水浒传》，凌赓、恒鹤、刁宁校点，上海古籍出版社 1988 年版，第 334 页。

在《三国志通俗演义》中，卷之八提及"雕梁画栋为焦土"❶。在《水浒传》中，第四十一回提及"雕梁画栋片时休"❷。前者和后者在表述与寓意上都有雷同之处。

在《三国志通俗演义》中，卷之八提及"铁马金戈冒黑烟"❸。在《水浒传》中，第五十五回提及"铁马金戈入战场"❹。前者和后者在句式与表述上都有雷同之处。

在《三国志通俗演义》中，卷之八提及"祝融飞下焰摩天"❺。在《水浒传》中，第八十八回提及"祝融飞令下南宫"❻。前者和后者在表述与寓意上都有雷同之处。

在《三国志通俗演义》中，卷之八提及"惟有卧龙施妙策"❼。在《水浒传》中，第八十八回提及"动达天机施妙策"❽。前者和后者都出现"施妙策"。

---

❶ 罗贯中著：《三国志通俗演义》，上海古籍出版社 1980 年版，第 398 页。

❷ 施耐庵、罗贯中著：《容与堂本水浒传》，凌赓、恒鹤、刁宁校点，上海古籍出版社 1988 年版，第 599 页。

❸ 罗贯中著：《三国志通俗演义》，上海古籍出版社 1980 年版，第 398 页。

❹ 施耐庵、罗贯中著：《容与堂本水浒传》，凌赓、恒鹤、刁宁校点，上海古籍出版社 1988 年版，第 815 页。

❺ 罗贯中著：《三国志通俗演义》，上海古籍出版社 1980 年版，第 398 页。

❻ 施耐庵、罗贯中著：《容与堂本水浒传》，凌赓、恒鹤、刁宁校点，上海古籍出版社 1988 年版，第 1282 页。

❼ 罗贯中著：《三国志通俗演义》，上海古籍出版社 1980 年版，第 398 页。

❽ 施耐庵、罗贯中著：《容与堂本水浒传》，凌赓、恒鹤、刁宁校点，上海古籍出版社 1988 年版，第 1291 页。

在《三国志通俗演义》中，卷之八提及"故教诸葛显威风"❶。在《水浒传》中，第九十六回提及"故教邵俊显威灵"❷。前者和后者在句式与表述上都有雷同之处。

在《三国志通俗演义》中，卷之九提及"长阪桥头杀气生"❸。在《水浒传》中，第十一回提及"聚义厅前杀气生"❹。前者和后者在句式与表述上都有雷同之处。

在《三国志通俗演义》中，卷之九、卷之十三均提及"当阳救主显英雄"❺，卷之十五提及"突阵显英雄"❻。在《水浒传》中，第十六回提及"却于四海显英雄"❼，第六十二回提及"法华开处显英雄"❽，第七十七回提及"左冲右突显英雄"❾，

---

❶ 罗贯中著：《三国志通俗演义》，上海古籍出版社 1980 年版，第 386 页。

❷ 施耐庵、罗贯中著：《容与堂本水浒传》，凌赓、恒鹤、刁宁校点，上海古籍出版社 1988 年版，第 1401 页。

❸ 罗贯中著：《三国志通俗演义》，上海古籍出版社 1980 年版，第 413 页。

❹ 施耐庵、罗贯中著：《容与堂本水浒传》，凌赓、恒鹤、刁宁校点，上海古籍出版社 1988 年版，第 154 页。

❺ 罗贯中著：《三国志通俗演义》，上海古籍出版社 1980 年版，第 409、586 页。

❻ 罗贯中著：《三国志通俗演义》，上海古籍出版社 1980 年版，第 689 页。

❼ 施耐庵、罗贯中著：《容与堂本水浒传》，凌赓、恒鹤、刁宁校点，上海古籍出版社 1988 年版，第 211 页。

❽ 施耐庵、罗贯中著：《容与堂本水浒传》，凌赓、恒鹤、刁宁校点，上海古籍出版社 1988 年版，第 917 页。

❾ 施耐庵、罗贯中著：《容与堂本水浒传》，凌赓、恒鹤、刁宁校点，上海古籍出版社 1988 年版，第 1131 页。

第八十回提及"虎狼丛里显英雄"❶。这些话语都出现"显英雄"。

在《三国志通俗演义》中，卷之九提及"西蜀东吴一旦休"❷，卷之十六提及"父子胡为一旦休"❸。在《水浒传》中，第十九回提及"性命终须一旦休"❹。这些话语都出现"一旦休"。

在《三国志通俗演义》中，卷之十提及"巽二施威，孟婆震怒"❺。在《水浒传》中，第一回提及"力士施威""共工奋怒"❻；第十三回提及"杨志逞威""索超忿怒"❼；第四十一回提及"南陆将施威""丙丁神忿怒"❽。这些话语在句式与表述上都有雷同之处。

在《三国志通俗演义》中，卷之十提及"波底鱼龙，云间

❶ 施耐庵、罗贯中著：《容与堂本水浒传》，凌赓、恒鹤、刁宁校点，上海古籍出版社1988年版，第1175页。

❷ 罗贯中著：《三国志通俗演义》，上海古籍出版社1980年版，第434页。

❸ 罗贯中著：《三国志通俗演义》，上海古籍出版社1980年版，第740页。

❹ 施耐庵、罗贯中著：《容与堂本水浒传》，凌赓、恒鹤、刁宁校点，上海古籍出版社1988年版，第257页。

❺ 罗贯中著：《三国志通俗演义》，上海古籍出版社1980年版，第481页。

❻ 施耐庵、罗贯中著：《容与堂本水浒传》，凌赓、恒鹤、刁宁校点，上海古籍出版社1988年版，第11页。

❼ 施耐庵、罗贯中著：《容与堂本水浒传》，凌赓、恒鹤、刁宁校点，上海古籍出版社1988年版，第178页。

❽ 施耐庵、罗贯中著：《容与堂本水浒传》，凌赓、恒鹤、刁宁校点，上海古籍出版社1988年版，第599页。

乌兔"❶。在《水浒传》中，第十六回提及"水底鱼龙""空中鸟雀"❷。前者和后者在句式与表述上都有雷同之处。

在《三国志通俗演义》中，卷之十提及"马超、韩遂起戈矛"❸，"奸雄曹操起戈矛"❹。在《水浒传》中，第二十四回提及"心中谁信起戈矛"❺。这些话语都出现"起戈矛"。

在《三国志通俗演义》中，卷之十提及"庞统进献连环计"❻。在《水浒传》中，第四十六回提及"智多星用连环计"❼。前者和后者都出现"连环计"。

在《三国志通俗演义》中，卷之十提及"赤壁鏖兵用火攻"❽。在《水浒传》中，第七十九回提及"赤壁鏖兵事可徵"❾。前者和后者都出现"赤壁鏖兵"。

在《三国志通俗演义》中，卷之十提及"天地难分水渺

---

❶ 罗贯中著：《三国志通俗演义》，上海古籍出版社 1980 年版，第 481 页。

❷ 施耐庵、罗贯中著：《容与堂本水浒传》，凌赓、恒鹤、刁宁校点，上海古籍出版社 1988 年版，第 217 页。

❸ 罗贯中著：《三国志通俗演义》，上海古籍出版社 1980 年版，第 466 页。

❹ 罗贯中著：《三国志通俗演义》，上海古籍出版社 1980 年版，第 474 页。

❺ 施耐庵、罗贯中著：《容与堂本水浒传》，凌赓、恒鹤、刁宁校点，上海古籍出版社 1988 年版，第 337 页。

❻ 罗贯中著：《三国志通俗演义》，上海古籍出版社 1980 年版，第 462 页。

❼ 施耐庵、罗贯中著：《容与堂本水浒传》，凌赓、恒鹤、刁宁校点，上海古籍出版社 1988 年版，第 690 页。

❽ 罗贯中著：《三国志通俗演义》，上海古籍出版社 1980 年版，第 464 页。

❾ 施耐庵、罗贯中著：《容与堂本水浒传》，凌赓、恒鹤、刁宁校点，上海古籍出版社 1988 年版，第 1156 页。

茫"❶。在《水浒传》中，第九十回提及"山岭崎岖水渺茫"❷。前者和后者都出现"水渺茫"。

在《三国志通俗演义》中，卷之十提及"赤壁楼船一扫空"❸。在《水浒传》中，第九十二回提及"举足妖氛一扫空"❹。前者和后者都出现"一扫空"。

在《三国志通俗演义》中，卷之十一提及"千古高名应不泯"❺。在《水浒传》中，第二十二回提及"千古高名逼斗寒"❻。前者和后者都出现"千古高名"。

在《三国志通俗演义》中，卷之十一提及"两朝王气皆天数"❼。在《水浒传》中，第三十二回提及"遭逢龙虎皆天数"❽。前者和后者都出现"皆天数"。

在《三国志通俗演义》中，卷之十二提及"堪嗟季玉少机

❶ 罗贯中著：《三国志通俗演义》，上海古籍出版社 1980 年版，第 452 页。

❷ 施耐庵、罗贯中著：《容与堂本水浒传》，凌赓、恒鹤、刁宁校点，上海古籍出版社 1988 年版，第 1313 页。

❸ 罗贯中著：《三国志通俗演义》，上海古籍出版社 1980 年版，第 482 页。

❹ 施耐庵、罗贯中著：《容与堂本水浒传》，凌赓、恒鹤、刁宁校点，上海古籍出版社 1988 年版，第 1341 页。

❺ 罗贯中著：《三国志通俗演义》，上海古籍出版社 1980 年版，第 509 页。

❻ 施耐庵、罗贯中著：《容与堂本水浒传》，凌赓、恒鹤、刁宁校点，上海古籍出版社 1988 年版，第 303 页。

❼ 罗贯中著：《三国志通俗演义》，上海古籍出版社 1980 年版，第 521 页。

❽ 施耐庵、罗贯中著：《容与堂本水浒传》，凌赓、恒鹤、刁宁校点，上海古籍出版社 1988 年版，第 466 页。

谋"❶。在《水浒传》中，第八十四回提及"膻奴元自少机谋"❷。前者和后者都出现"少机谋"。

在《三国志通俗演义》中，卷之十二提及"身死犹存姓字香"❸。在《水浒传》中，第九十五回提及"万载题名姓字香"❹。前者和后者都出现"姓字香"。

在《三国志通俗演义》中，卷之十三提及"天下尽悲哀"❺。在《水浒传》中，第六十回提及"天下尽闻名"❻。前者和后者在句式与表述上都有雷同之处。

在《三国志通俗演义》中，卷之十四提及"顷刻花开红影乱"❼。在《水浒传》中，第九回提及"几处葵榴红影乱"❽。前者和后者都出现"红影乱"。

在《三国志通俗演义》中，卷之十四提及"穆顺传书丧九

❶ 罗贯中著：《三国志通俗演义》，上海古籍出版社1980年版，第577页。

❷ 施耐庵、罗贯中著：《容与堂本水浒传》，凌赓、恒鹤、刁宁校点，上海古籍出版社1988年版，第1226页。

❸ 罗贯中著：《三国志通俗演义》，上海古籍出版社1980年版，第580页。

❹ 施耐庵、罗贯中著：《容与堂本水浒传》，凌赓、恒鹤、刁宁校点，上海古籍出版社1988年版，第1385页。

❺ 罗贯中著：《三国志通俗演义》，上海古籍出版社1980年版，第589页。

❻ 施耐庵、罗贯中著：《容与堂本水浒传》，凌赓、恒鹤、刁宁校点，上海古籍出版社1988年版，第889页。

❼ 罗贯中著：《三国志通俗演义》，上海古籍出版社1980年版，第662页。

❽ 施耐庵、罗贯中著：《容与堂本水浒传》，凌赓、恒鹤、刁宁校点，上海古籍出版社1988年版，第124页。

泉"❶，"恨满心胸丧九泉"❷。在《水浒传》中，第四十四回提及"破戒沙门丧九泉"❸。这些话语都出现"丧九泉"。

在《三国志通俗演义》中，卷之十四提及"功勋标史记"❹。在《水浒传》中，第七十八回提及"万古清名标史记"❺，第九十九回提及"名标史记几千年"❻，第一百回提及"千载功勋标史记"❼。这些话语都出现"标史记"。

在《三国志通俗演义》中，卷之十五提及"金针玉刃若通神"❽。在《水浒传》中，第六十五回提及"金针玉刃得师传"❾。前者和后者都出现"金针玉刃"。

在《三国志通俗演义》中，卷之十五提及"战马似龙飞"❿

---

❶ 罗贯中著：《三国志通俗演义》，上海古籍出版社 1980 年版，第 640 页。

❷ 罗贯中著：《三国志通俗演义》，上海古籍出版社 1980 年版，第 669 页。

❸ 施耐庵、罗贯中著：《容与堂本水浒传》，凌赓、恒鹤、刁宁校点，上海古籍出版社 1988 年版，第 656 页。

❹ 罗贯中著：《三国志通俗演义》，上海古籍出版社 1980 年版，第 654 页。

❺ 施耐庵、罗贯中著：《容与堂本水浒传》，凌赓、恒鹤、刁宁校点，上海古籍出版社 1988 年版，第 1138 页。

❻ 施耐庵、罗贯中著：《容与堂本水浒传》，凌赓、恒鹤、刁宁校点，上海古籍出版社 1988 年版，第 1465 页。

❼ 施耐庵、罗贯中著：《容与堂本水浒传》，凌赓、恒鹤、刁宁校点，上海古籍出版社 1988 年版，第 1482 页。

❽ 罗贯中著：《三国志通俗演义》，上海古籍出版社 1980 年版，第 720 页。

❾ 施耐庵、罗贯中著：《容与堂本水浒传》，凌赓、恒鹤、刁宁校点，上海古籍出版社 1988 年版，第 967 页。

❿ 罗贯中著：《三国志通俗演义》，上海古籍出版社 1980 年版，第 684 页。

"人马似龙飞"❶。在《水浒传》中，第七十六回提及"战马似龙形"❷。这些话语在句式和表述上都有雷同之处。

在《三国志通俗演义》中，卷之十六提及"不是当时能对答"❸。在《水浒传》中，第六回提及"不是当时之卓氏"❹。前者和后者都出现"不是当时"。

在《三国志通俗演义》中，卷之十六提及"单刀赴会真豪杰"❺。在《水浒传》中，第四十四回提及"那堪石秀真豪杰"❻。前者和后者都出现"真豪杰"。

在《三国志通俗演义》中，卷之十六提及"胸蟠星斗气凌云"❼。在《水浒传》中，第六十一回提及"吐虹蜺、志气凌云"❽，第六十二回提及"堂堂仪表气凌云"❾。这些话语都出现"气凌云"。

---

❶ 罗贯中著：《三国志通俗演义》，上海古籍出版社 1980 年版，第 689 页。

❷ 施耐庵、罗贯中著：《容与堂本水浒传》，凌赓、恒鹤、刁宁校点，上海古籍出版社 1988 年版，第 1115 页。

❸ 罗贯中著：《三国志通俗演义》，上海古籍出版社 1980 年版，第 759 页。

❹ 施耐庵、罗贯中著：《容与堂本水浒传》，凌赓、恒鹤、刁宁校点，上海古籍出版社 1988 年版，第 92 页。

❺ 罗贯中著：《三国志通俗演义》，上海古籍出版社 1980 年版，第 742 页。

❻ 施耐庵、罗贯中著：《容与堂本水浒传》，凌赓、恒鹤、刁宁校点，上海古籍出版社 1988 年版，第 652 页。

❼ 罗贯中著：《三国志通俗演义》，上海古籍出版社 1980 年版，第 755 页。

❽ 施耐庵、罗贯中著：《容与堂本水浒传》，凌赓、恒鹤、刁宁校点，上海古籍出版社 1988 年版，第 902 页。

❾ 施耐庵、罗贯中著：《容与堂本水浒传》，凌赓、恒鹤、刁宁校点，上海古籍出版社 1988 年版，第 922 页。

在《三国志通俗演义》中，卷之十六提及"死为义勇武安王"❶。在《水浒传》中，第六十四回提及"重生义勇武安王"❷。前者和后者不但都出现"义勇武安王"，而且具有密不可分的逻辑关系。

在《三国志通俗演义》中，卷之十六提及"智谋超越数员将"❸。在《水浒传》中，第九十四回提及"直诛南国数员将"❹。前者和后者都出现"数员将"。

在《三国志通俗演义》中，卷之十七提及"虎牢关下人钦敬"❺。在《水浒传》中，第四十九回提及"到处人钦敬"❻。前者和后者都出现"人钦敬"。

在《三国志通俗演义》中，卷之十七提及"唐、虞堪比论"❼。在《水浒传》中，第七十四回提及"世间无物堪比论"❽。前者和后者都出现"堪比论"。

---

❶ 罗贯中著：《三国志通俗演义》，上海古籍出版社1980年版，第742页。

❷ 施耐庵、罗贯中著：《容与堂本水浒传》，凌赓、恒鹤、刁宁校点，上海古籍出版社1988年版，第949页。

❸ 罗贯中著：《三国志通俗演义》，上海古籍出版社1980年版，第755页。

❹ 施耐庵、罗贯中著：《容与堂本水浒传》，凌赓、恒鹤、刁宁校点，上海古籍出版社1988年版，第1382页。

❺ 罗贯中著：《三国志通俗演义》，上海古籍出版社1980年版，第780页。

❻ 施耐庵、罗贯中著：《容与堂本水浒传》，凌赓、恒鹤、刁宁校点，上海古籍出版社1988年版，第729页。

❼ 罗贯中著：《三国志通俗演义》，上海古籍出版社1980年版，第819页。

❽ 施耐庵、罗贯中著：《容与堂本水浒传》，凌赓、恒鹤、刁宁校点，上海古籍出版社1988年版，第1085页。

在《三国志通俗演义》中，卷之十七提及"双挽铁胎弓"❶，卷之二十提及"开两石铁胎弓"❷。在《水浒传》中，第六十四回提及"飞鱼袋插铁胎弓"❸，第七十六回提及"飞鱼袋内铁胎弓"❹，第八十三回提及"带一张雀画铁胎弓"❺，第八十八回提及"左悬金画铁胎弓"❻。这些话语都出现"铁胎弓"。

在《三国志通俗演义》中，卷之十七提及"天理昭然还受报"❼，卷之二十二提及"天理昭然施报应"❽。在《水浒传》中，第十回提及"天理昭昭不可诬"❾"原来天理昭然"❿。这些话语在表述和寓意上都有雷同之处。

---

❶ 罗贯中著：《三国志通俗演义》，上海古籍出版社 1980 年版，第 796 页。

❷ 罗贯中著：《三国志通俗演义》，上海古籍出版社 1980 年版，第 937 页。

❸ 施耐庵、罗贯中著：《容与堂本水浒传》，凌赓、恒鹤、刁宁校点，上海古籍出版社 1988 年版，第 958 页。

❹ 施耐庵、罗贯中著：《容与堂本水浒传》，凌赓、恒鹤、刁宁校点，上海古籍出版社 1988 年版，第 1115 页。

❺ 施耐庵、罗贯中著：《容与堂本水浒传》，凌赓、恒鹤、刁宁校点，上海古籍出版社 1988 年版，第 1217 页。

❻ 施耐庵、罗贯中著：《容与堂本水浒传》，凌赓、恒鹤、刁宁校点，上海古籍出版社 1988 年版，第 1283 页。

❼ 罗贯中著：《三国志通俗演义》，上海古籍出版社 1980 年版，第 800 页。

❽ 罗贯中著：《三国志通俗演义》，上海古籍出版社 1980 年版，第 1066 页。

❾ 施耐庵、罗贯中著：《容与堂本水浒传》，凌赓、恒鹤、刁宁校点，上海古籍出版社 1988 年版，第 137 页。

❿ 施耐庵、罗贯中著：《容与堂本水浒传》，凌赓、恒鹤、刁宁校点，上海古籍出版社 1988 年版，第 142 页。

在《三国志通俗演义》中，卷之二十提及"留芳青史上"❶。在《水浒传》中，第九十二回提及"今日功名青史上"❷。前者和后者都出现"青史上"。

在《三国志通俗演义》中，卷之二十二提及"故令千载播高风"❸。在《水浒传》中，第九十二回提及"万年千载播英雄"❹。前者和后者在句式与表述上都有雷同之处。

在《三国志通俗演义》中，卷之二十二提及"天教还报在儿孙"❺，卷之二十三提及"不在儿孙在己身"❻。在《水浒传》中，第七回、第三十四回均提及"远在儿孙近在身"❼。这些话语在表述和寓意上都有雷同之处。

在《三国志通俗演义》中，卷之二十二提及"三国英雄士"❽，卷之二十三提及"东吴虽有英雄士"❾。在《水浒传》

❶ 罗贯中著：《三国志通俗演义》，上海古籍出版社1980年版，第935页。

❷ 施耐庵、罗贯中著：《容与堂本水浒传》，凌赓、恒鹤、刁宁校点，上海古籍出版社1988年版，第1341页。

❸ 罗贯中著：《三国志通俗演义》，上海古籍出版社1980年版，第1046页。

❹ 施耐庵、罗贯中著：《容与堂本水浒传》，凌赓、恒鹤、刁宁校点，上海古籍出版社1988年版，第1341页。

❺ 罗贯中著：《三国志通俗演义》，上海古籍出版社1980年版，第1066页。

❻ 罗贯中著：《三国志通俗演义》，上海古籍出版社1980年版，第1096页。

❼ 施耐庵、罗贯中著：《容与堂本水浒传》，凌赓、恒鹤、刁宁校点，上海古籍出版社1988年版，第99、483页。

❽ 罗贯中著：《三国志通俗演义》，上海古籍出版社1980年版，第1051页。

❾ 罗贯中著：《三国志通俗演义》，上海古籍出版社1980年版，第1087页。

中，第四十一回提及"黄州生下英雄士"❶，第五十八回提及
"如何世禄英雄士"❷，第九十五回提及"百战英雄士"❸。这些
话语都出现"英雄士"。

在《三国志通俗演义》中，卷之二十三提及"嗟我亦如
然"❹。在《水浒传》中，第二十三回提及"后车过了亦如
然"❺。前者和后者都出现"亦如然"。

在《三国志通俗演义》中，卷之二十四提及"天差邓艾取
西川"❻。在《水浒传》中，第三十七回提及"天差列宿害生
灵"❼。前者和后者在句式与表述上都有雷同之处。

以上这些关于语句的考察，包括两种情况：

《三国志通俗演义》前十六卷范围内的许多语句，相通、相
同或相似于《水浒传》中的许多语句。所有这些语句，涉及
《三国志通俗演义》卷之一、卷之二、卷之三、卷之四、卷之

---

❶　施耐庵、罗贯中著：《容与堂本水浒传》，凌赓、恒鹤、刁宁校点，上海古
籍出版社1988年版，第603页。

❷　施耐庵、罗贯中著：《容与堂本水浒传》，凌赓、恒鹤、刁宁校点，上海古
籍出版社1988年版，第862页。

❸　施耐庵、罗贯中著：《容与堂本水浒传》，凌赓、恒鹤、刁宁校点，上海古
籍出版社1988年版，第1393页。

❹　罗贯中著：《三国志通俗演义》，上海古籍出版社1980年版，第1103页。

❺　施耐庵、罗贯中著：《容与堂本水浒传》，凌赓、恒鹤、刁宁校点，上海古
籍出版社1988年版，第319页。

❻　罗贯中著：《三国志通俗演义》，上海古籍出版社1980年版，第1130页。

❼　施耐庵、罗贯中著：《容与堂本水浒传》，凌赓、恒鹤、刁宁校点，上海古
籍出版社1988年版，第537页。

五、卷之六、卷之七、卷之八、卷之九、卷之十、卷之十一、卷之十二、卷之十三、卷之十四、卷之十五、卷之十六，涉及《水浒传》第一回、第二回、第四回、第六回、第九回、第十回、第十一回、第十三回、第十六回、第十八回、第十九回、第二十一回、第二十二回、第二十四回、第三十一回、第三十二回、第三十三回、第四十一回、第四十四回、第四十六回、第四十七回、第五十二回、第五十三回、第五十五回、第五十六回、第五十九回、第六十回、第六十一回、第六十二回、第六十四回、第六十五回、第六十九回、第七十二回、第七十五回、第七十六回、第七十七回、第七十八回、第七十九回、第八十回、第八十一回、第八十二回、第八十四回、第八十八回、第八十九回、第九十回、第九十二回、第九十三回、第九十四回、第九十五回、第九十六回、第九十九回、第一百回。也就是说，《三国志通俗演义》中罗贯中所作前十六卷都被涉及，而与施耐庵所作后八卷无缘；《水浒传》的一百回被涉及五十二回，分布比较均匀。

《三国志通俗演义》后八卷范围内的一些语句，相通、相同或相似于《水浒传》中的一些语句。所有这些语句，涉及《三国志通俗演义》卷之十七、卷之二十、卷之二十二、卷之二十三、卷之二十四，涉及《水浒传》第七回、第十回、第二十三回、第三十四回、第三十七回、第四十一回、第四十九回、第五十八回、第六十四回、第七十四回、第七十六回、第八十三回、第八十八回、第九十二回、第九十五回。也就是说，《三国志通俗演义》中施耐庵所作后八卷被涉及五卷，而与罗贯中所作前十六卷无缘；《水浒传》的一百回被涉及十五回，分布比较均匀。

总起来说，关于语句的这些考察，涉及《三国志通俗演义》中罗贯中负责部分的十六卷，相应地涉及《水浒传》的五十二回，后者在全书中的分布比较均匀；涉及《三国志通俗演义》中施耐庵负责部分的五卷，相应地涉及《水浒传》的十五回，后者在全书中的分布比较均匀。这些情况再次意味着这样的事实：在施耐庵、罗贯中二人中，有一人首先撰写《水浒传》，其后又有一人纂修《水浒传》。

既然在施耐庵、罗贯中二人中，有一人首先撰写《水浒传》，其后又有一人纂修《水浒传》，而明朝人高儒在《百川书志》中将"《忠义水浒传》一百卷"归结为"施耐庵的本，罗贯中编次"[1]，那么，就完全可以说，《水浒传》由施耐庵撰写、罗贯中纂修。

二、在施耐庵、罗贯中笔下，宋江受招安以后既伐辽国、打方腊，又征田虎、讨王庆，而宋江与他的多数兄弟并非惨死

有观点认为，《水浒传》中宋江受招安是不正常的。其实，

---

[1] 朱一玄、刘毓忱编：《水浒传资料汇编》，南开大学出版社 2002 年版，第 118 页。

历史上作为义军首领的宋江曾归顺朝廷；小说安排宋江受招安，没有什么不正常。对于《水浒传》中宋江受招安以后的故事，人们更是有种种看法。现在，笔者提出和分析三个问题。

首先，《水浒传》中的宋江伐辽国故事，渊源于历史上金国与北宋联合攻辽国，亦贯通于南宋灭亡。

《宋史》记载，宣和四年春三月，金约宋夹攻辽。宋"命童贯为河北、河东路宣抚使，屯兵于边以应之，且招谕幽燕"。夏五月庚辰，"童贯至雄州，令都统制种师道等分道进兵"❶。在宋辽作战中，宋胜少败多，甚至一度停顿收军。宣和五年"夏四月癸巳，金人遣杨璞以誓书及燕京、涿易檀顺景蓟州来归。庚子，童贯、蔡攸入燕，时燕之职官、富民、金帛、子女先为金人尽掠而去。乙巳，童贯表奏抚定燕城。庚戌，曲赦河北、河东、燕、云路。是日，班师"❷。在金宋联合攻辽国的过程中，金起主导作用，宋起辅助作用。值得注意的是，这场真实的北宋攻辽国，开始于宣和四年夏五月；而容与堂本《水浒传》中的宋江伐辽国，开始于"宣和四年夏月"❸。二者能够统一起来，说明《水浒传》中的宋江伐辽国渊源于历史上的金宋联合攻辽国。

《宋史》记载，德祐二年春正月，元军迫近，临安岌岌可

❶ 脱脱等撰：《宋史》，中华书局1977年版，第409—410页。

❷ 脱脱等撰：《宋史》，中华书局1977年版，第412页。

❸ 施耐庵、罗贯中著：《容与堂本水浒传》，凌赓、恒鹤、刁宁校点，上海古籍出版社1988年版，第1212页。

危，南宋国主赵㬎向元朝上表请降；在容与堂本《水浒传》第八十九回中，大辽国主耶律辉向北宋上表请降。此二表在形式上雷同，在内容上亦颇为相似。赵㬎自称"眇然幼冲"❶；耶律辉自称"昏昧"，"不通圣贤之大经，罔究纲常之大礼"❷。赵㬎评价宋"权奸似道背盟误国"❸；耶律辉评价辽文武"多狼心狗行之徒""悉鼠目獐头之辈"❹。赵㬎将元攻宋叫作"兴师问罪"❺；耶律辉将宋伐辽叫作王室"兴师"，天兵"讨罪"❻。赵㬎强调"天命有归"❼，耶律辉强调"众水必然归于大海"❽。赵㬎表示"为宗社生灵祈哀请命"，渴望元朝皇帝"圣慈垂念，不忍臣三百余年宗社遽至陨绝，曲赐存全，则赵氏子孙，世世有赖，不敢弭忘"❾；耶律辉表示"纳上请罪"，渴望宋朝皇帝"怜悯蕞尔之微生，不废祖宗之遗业"，则"子子孙孙，久远感戴"，而且

---

❶ 脱脱等撰：《宋史》，中华书局1977年版，第937页。

❷ 施耐庵、罗贯中著：《容与堂本水浒传》，凌赓、恒鹤、刁宁校点，上海古籍出版社1988年版，第1301页。

❸ 脱脱等撰：《宋史》，中华书局1977年版，第937页。

❹ 施耐庵、罗贯中著：《容与堂本水浒传》，凌赓、恒鹤、刁宁校点，上海古籍出版社1988年版，第1301页。

❺ 脱脱等撰：《宋史》，中华书局1977年版，第937页。

❻ 施耐庵、罗贯中著：《容与堂本水浒传》，凌赓、恒鹤、刁宁校点，上海古籍出版社1988年版，第1301页。

❼ 脱脱等撰：《宋史》，中华书局1977年版，第937页。

❽ 施耐庵、罗贯中著：《容与堂本水浒传》，凌赓、恒鹤、刁宁校点，上海古籍出版社1988年版，第1301页。

❾ 脱脱等撰：《宋史》，中华书局1977年版，第937—938页。

"进纳岁币，誓不敢违"❶。赵㬎毫无尊严、极端耻辱，耶律辉也是低三下四、卑躬屈膝；不过，当时年幼的赵㬎对宋的垂危没有责任，而耶律辉完全是咎由自取。在容与堂本《水浒传》第八十九回中，宋徽宗以胜利者的姿态向辽国下发诏旨，既显自信豪迈的气概，又有宽容豁达的风范。《水浒传》中对宋江伐辽国的描写，寄托着汉族洗刷宋亡耻辱的理想，象征着汉族政权消灭异族政权的实现。

其次，在施耐庵、罗贯中笔下的《水浒传》中，宋江曾经征田虎、讨王庆，这两段故事不是后来才形成的。

有观点认为，在祖本《水浒传》中宋江不曾征田虎、讨王庆，这两段故事是后来才形成的。笔者认为，这两段故事本来就存在于施耐庵、罗贯中笔下的《水浒传》之中。

在容与堂本《水浒传》第七十二回中，柴进入禁院，见到宋徽宗手书的四人姓名："山东宋江，淮西王庆，河北田虎，江南方腊。"❷ 这个名单，实际上既埋下了宋江打方腊的伏笔，又暗藏了宋江征田虎、讨王庆的预告。

施耐庵、罗贯中笔下的《水浒传》中，宋江曾经征田虎、讨王庆的最直接证据，在于燕青射雁的故事。在容与堂本中，伐

---

❶ 施耐庵、罗贯中著：《容与堂本水浒传》，凌赓、恒鹤、刁宁校点，上海古籍出版社 1988 年版，第 1301 页。

❷ 施耐庵、罗贯中著：《容与堂本水浒传》，凌赓、恒鹤、刁宁校点，上海古籍出版社 1988 年版，第 1060 页。

辽国和打方腊之间有如下内容：

> 且说宋江等众将下到五台山下，引起军马，……在路行了数日，……前进到一个去处，地名双林渡。……燕青……射下十数只鸿雁，……宋江教唤燕青飞马前来。……宋江道："……我想宾鸿避暑寒，离了天山，衔芦渡关，趁江南地暖，求食稻粱，初春方回。……此禽仁、义、礼、智、信五常俱备。……岂忍害之！……"

> ……当晚屯兵于双林渡口。宋江……感叹燕青射雁之事，……作词一首：

> "楚天空阔，雁离群万里，恍然惊散。……"

> 宋江写毕，递与吴用、公孙胜看。……次早天明，俱各上马，望南而行。路上行程，正值暮冬，景物凄凉。……不则一日，回到京师，屯驻军马于陈桥驿，听候圣旨。❶

在上述材料中，燕青射雁的地点是"双林渡"。双林渡位于五台山与东京之间，此乃典型的北方地带，而宋江把此处描述为"楚天空阔"；燕青在这个北方地带射雁的时间是"暮冬"，而宋江则说鸿雁"离了天山，……趁江南地暖，求食稻粱，初春方回"。容与堂本中的燕青射雁故事存在着时空错乱。这些情况说明，施耐庵、罗贯中笔下的燕青射雁应当与淮西讨王庆紧密联系在一起，否则就解释不通；由于后人删除淮西讨王庆、河北征田

---

❶ 施耐庵、罗贯中著：《容与堂本水浒传》，凌赓、恒鹤、刁宁校点，上海古籍出版社 1988 年版，第 1312—1313 页。

虎两段故事，燕青射雁与伐辽国衔接起来，于是出现了一些矛盾。

最后，在施耐庵、罗贯中笔下的《水浒传》中，宋江的多数兄弟之结果并非惨死而是出走，宋江本人生封侯、亡正寝。

在容与堂本《水浒传》中，"主人"出现114次，涉及第二回、第三回、第四回、第五回、第九回、第十回、第十五回、第十六回、第十八回、第二十三回、第二十四回、第二十五回、第三十回、第三十二回、第三十八回、第三十九回、第四十六回、第四十七回、第五十三回、第五十六回、第六十一回、第六十二回、第六十九回、第七十二回、第九十一回、第九十九回；"主公"出现6次，涉及第九十一回、第九十四回、第九十九回。可见，"主人"的分布范围非常广泛，而"主公"的分布范围非常狭窄；"主人"显得正常，"主公"显得反常。

在容与堂本《水浒传》中，"皇上"出现8次，涉及第七十一回、第八十三回、第八十九回、第九十回、第九十六回、第九十九回；"上皇"出现60次，涉及第九十四回、第九十九回、第一百回。"皇上"虽然出现次数比较少，但是分布范围比较广；"上皇"虽然出现次数比较多，但是分布范围比较窄。无论"皇上"，还是"上皇"，都指宋徽宗；然而，"皇上"和"上皇"在一定范围内存在着交织状态。"皇上"显得正常，"上皇"显得反常。

在《水浒传》中，从王伦占据梁山，到宋江接受招安，时间并不太长；单独说晁盖或宋江在梁山，时间就更短一些。与梁山事业相联系，容与堂本第八十二回有"数载"❶ 的明确提法，第九十三回有"几年"❷ 的肯定提法；然而，第九十六回则有"许多年"❸ 的怪异提法。"数载""几年"是正确的，"许多年"是错误的。

综上所述，"主人""皇上""数载""几年"这些正常提法，涉及第二回、第三回、第四回、第五回、第九回、第十回、第十五回、第十六回、第十八回、第二十三回、第二十四回、第二十五回、第三十回、第三十二回、第三十八回、第三十九回、第四十六回、第四十七回、第五十三回、第五十六回、第六十一回、第六十二回、第六十九回、第七十一回、第七十二回、第八十二回、第八十三回、第八十九回、第九十回、第九十一回、第九十三回、第九十六回、第九十九回；"主公""上皇""许多年"这些反常提法，涉及第九十一回、第九十四回、第九十六回、第九十九回、第一百回。反常提法位于第九十一回至第一百回这个范围内，而这个范围内恰恰描写了打方腊过程和小说大结局。这些状况说明，经施耐庵撰写、罗贯中纂修的打方腊故事和

❶ 施耐庵、罗贯中著：《容与堂本水浒传》，凌赓、恒鹤、刁宁校点，上海古籍出版社 1988 年版，第 1199 页。

❷ 施耐庵、罗贯中著：《容与堂本水浒传》，凌赓、恒鹤、刁宁校点，上海古籍出版社 1988 年版，第 1360 页。

❸ 施耐庵、罗贯中著：《容与堂本水浒传》，凌赓、恒鹤、刁宁校点，上海古籍出版社 1988 年版，第 1409 页。

小说大结局应该被后人修改过。

在容与堂本《水浒传》中，宋江的多数兄弟为打方腊而悲惨地死去。第九十六回提及"三停损了一停"❶，第九十七回提及"将星尚有一半明朗者"❷，第九十九回相继提及"三停内折了二停"❸"十停去七"❹"十损其八"❺。然而，这些折损比例与具体情节并不一致。早在第八十五回中，宋江在罗真人面前说："只愿的弟兄常常完聚。"而罗真人对宋江道："大限到来，岂容汝等留恋乎？"罗真人还为宋江等人写下法语，其中提及"忠心者少，义气者稀。……鸿雁分飞"❻。如果宋江的多数兄弟为打方腊而死，能叫"忠心者少，义气者稀"吗？所谓"鸿雁分飞"，意味着宋江的多数兄弟出走流失了；依据前面提到的那些比例，人员出走流失的发展线索是：从三分之一，到二分之一，再到三分之二，然后到十分之七，最后到十分之八。

---

❶ 施耐庵、罗贯中著：《容与堂本水浒传》，凌赓、恒鹤、刁宁校点，上海古籍出版社 1988 年版，第 1410 页。

❷ 施耐庵、罗贯中著：《容与堂本水浒传》，凌赓、恒鹤、刁宁校点，上海古籍出版社 1988 年版，第 1420 页。

❸ 施耐庵、罗贯中著：《容与堂本水浒传》，凌赓、恒鹤、刁宁校点，上海古籍出版社 1988 年版，第 1447 页。

❹ 施耐庵、罗贯中著：《容与堂本水浒传》，凌赓、恒鹤、刁宁校点，上海古籍出版社 1988 年版，第 1452 页。

❺ 施耐庵、罗贯中著：《容与堂本水浒传》，凌赓、恒鹤、刁宁校点，上海古籍出版社 1988 年版，第 1459 页。

❻ 施耐庵、罗贯中著：《容与堂本水浒传》，凌赓、恒鹤、刁宁校点，上海古籍出版社 1988 年版，第 1244 页。

在容与堂本《水浒传》第一百回中，宋江、卢俊义、吴用、花荣、李逵都反常地死去；其中，宋江之死居于主导地位，他人之死处在从属地位。这里着重探讨宋江的情况。早在第九十九回中，宋江"加授武德大夫、楚州安抚使兼兵马都总管"❶。在第一百回中，宋江被奸臣陷害，饮毒酒而死。宋江死后，楚州官吏将其"葬于蓼儿洼"❷；"楚州百姓，感念宋江仁德忠义两全，建立祠堂"❸。不久，天子"亲书圣旨，敕封宋江为忠烈义济灵应侯，……敕赐钱于梁山泊起盖庙宇，大建祠堂"❹。然而，在第八十五回中，罗真人确信，宋江"生当封侯，死当庙食，决无疑虑"；罗真人还宣称，宋江"亡必正寝，尸必归坟"❺。通过比较可以发现，罗真人的预言和宋江的结果有所不同：罗真人预言宋江"生当封侯"，而宋江死后才敕封列侯；罗真人预言宋江"亡必正寝"，而宋江被奸臣陷害而死。在施耐庵、罗贯中笔下，宋江的完整结局应如罗真人所言："生当封侯，死当庙食"；"亡必

---

❶ 施耐庵、罗贯中著：《容与堂本水浒传》，凌赓、恒鹤、刁宁校点，上海古籍出版社1988年版，第1462页。

❷ 施耐庵、罗贯中著：《容与堂本水浒传》，凌赓、恒鹤、刁宁校点，上海古籍出版社1988年版，第1476页。

❸ 施耐庵、罗贯中著：《容与堂本水浒传》，凌赓、恒鹤、刁宁校点，上海古籍出版社1988年版，第1478页。

❹ 施耐庵、罗贯中著：《容与堂本水浒传》，凌赓、恒鹤、刁宁校点，上海古籍出版社1988年版，第1482页。

❺ 施耐庵、罗贯中著：《容与堂本水浒传》，凌赓、恒鹤、刁宁校点，上海古籍出版社1988年版，第1244页。

正寝，尸必归坟"。

需要特别指出的是，在容与堂本《水浒传》中，罗真人被定位为"天下有名的得道活神仙"❶；他的预言不能等闲视之，里面包含着一些事情的谜底。

三、施耐庵撰写本脱稿于元末，罗贯中纂修本脱稿于明初

容与堂本《水浒传》第九十回在讲方腊起义时说："睦州即今时建德，宋改为严州；歙州即今时婺源，宋改为徽州。"❷ 在这些表述中，蕴含着一些线索，特别是提到"两个今时"。

"睦州即今时建德，宋改为严州"这个表述，蕴含着什么线索呢？《宋史》记载："建德府，本严州，新定郡，遂安军节度。本睦州，军事。宣和元年，升建德军节度；三年，改州名、军额。咸淳元年，升府。"❸《元史》记载："建德路，……唐睦州，又为严州，又改新定郡。宋为建德军，又为遂安军，后升建德府。元至元十三年，改建德府安抚司。十四年，改建德路。"❹

---

❶ 施耐庵、罗贯中著：《容与堂本水浒传》，凌赓、恒鹤、刁宁校点，上海古籍出版社 1988 年版，第 795 页。

❷ 施耐庵、罗贯中著：《容与堂本水浒传》，凌赓、恒鹤、刁宁校点，上海古籍出版社 1988 年版，第 1321 页。

❸ 脱脱等撰：《宋史》，中华书局 1977 年版，第 2177 页。

❹ 宋濂等撰：《元史》，中华书局 1976 年版，第 1495 页。

《明史》记载："严州府"，"元建德路，属江浙行省"。"太祖戊戌年三月为建安府，寻曰建德府。壬寅年二月改曰严州府。"❶ 从这些材料中，可以提炼出从宋朝到明朝数百年间的一条线索：公元 1121 年，睦州改为严州；1265 年，严州升为建德府；1276 年，建德府改为建德府安抚司；1277 年，建德府安抚司改为建德路；1358 年四五月间，建德路改为建安府；1358 年约下半年，建安府改为建德府；1362 年二三月间，建德府改为严州府。这条线索显示：1358 年四五月以前，"建德"的称谓曾长期存在；1358 年约下半年至 1362 年二三月间，"建德"的称谓又出现了。这些情况说明：所谓"今时建德"的"今时"，当在 1358 年四五月以前，或者 1358 年约下半年至 1362 年二三月间。

"歙州即今时婺源，宋改为徽州"这个表述，蕴含着什么线索呢？《宋史》记载："徽州，……新安郡，军事。宣和三年，改歙州为徽州。"❷《元史》记载："徽州路，……唐歙州。宋改徽州。元至元十四年，升徽州路。"❸《明史》记载："徽州府"，"元徽州路，属江浙行省"。"太祖丁酉年七月曰兴安府。吴元年曰徽州府。"❹ 从这些材料中，可以提炼出从宋朝到明朝数百年间的一条线索：公元 1121 年，歙州改为徽州；1277 年，徽州升

---

❶ 张廷玉等撰：《明史》，中华书局 1974 年版，第 1102 页。

❷ 脱脱等撰：《宋史》，中华书局 1977 年版，第 2187 页。

❸ 宋濂等撰：《元史》，中华书局 1976 年版，第 1500 页。

❹ 张廷玉等撰：《明史》，中华书局 1974 年版，第 928 页。

为徽州路；1357 年七八月间，徽州路改为兴安府；1367 年，兴安府改为徽州府。这条线索显示：从 1121 年到 1644 年，绝大部分时间里存在"徽州"的称谓；只有 1357 年七八月至 1367 年的短暂时间里，使用过"兴安府"的称谓。再来说"婺源"的情况。《宋史》记载，徽州领"县六"，其中包括"婺源"在内。❶《元史》记载，徽州路领"州一"，就是婺源。"婺源州，……本休宁县之回玉乡，唐析之置婺源县。元元贞元年，升州。"❷《明史》记载："婺源"，"元婺源州。洪武二年正月降为县"❸。这些材料说明：从宋朝到明朝的数百年间，婺源在大部分时间里只是一个县；而婺源州，则存在于公元 1295 年至 1369 年二三月间。所谓"歙州即今时婺源"中的"婺源"，并非婺源县，而是婺源州。因此，"今时婺源"的"今时"，应与 1295 年至 1369 年二三月间有关。然而，鉴于"歙州即今时婺源，宋改为徽州"的完整表述，必须确保"婺源州"与"徽州"两个称谓在时间上不冲突。由于 1357 年七八月至 1367 年间"徽州"的称谓曾经消失，现在可以推断：所谓"今时婺源"的"今时"，当在 1357 年七八月至 1367 年间。

综上所述，"今时建德"的"今时"，在 1358 年四五月以前，或者 1358 年约下半年至 1362 年二三月间；"今时婺源"的

---

❶ 脱脱等撰：《宋史》，中华书局 1977 年版，第 2187 页。

❷ 宋濂等撰：《元史》，中华书局 1976 年版，第 1500 页。

❸ 张廷玉等撰：《明史》，中华书局 1974 年版，第 929 页。

"今时"，在1357年七八月至1367年间。从这些时间范围出发，能够得出这样的时间交集：1357年七八月至1358年四五月间，或者1358年约下半年至1362年二三月间。这两个时间交集基本上能够连接起来，形成一个新的时间段落：1357年七八月至1362年二三月间。

本书第一章曾经指出，施耐庵出生于1296年，去世于1370年。1357年，他六十二岁；1362年，他六十七岁。确认1362年前后施耐庵已经写完打方腊故事，这是讲得通的；而打方腊故事，挨着小说大结局。可见，施耐庵撰写的《水浒传》脱稿于元朝末期。

笔者在全面探讨宋江受招安以后的故事之时曾经指出，宋江的多数兄弟之惨死是后人修改的结果。容与堂本《水浒传》第一百回说："只有朱仝在保定府管军有功，后随刘光世破了大金，直做到太平军节度使。"❶这个结果是好的，它不是后人修改的结果；所谓"保定府"，可见于正史。《明史》记载："保定府"，"元保定路，直隶中书省"。"洪武元年九月为府。"❷这就是说，"保定府"设立于公元1368年10月至11月间。此前，施耐庵撰写的《水浒传》已经脱稿；而罗贯中纂修的《水浒传》之脱稿，必然在明朝建立以后。容与堂本《水浒传》第一百回说："皇甫

---

❶ 施耐庵、罗贯中著：《容与堂本水浒传》，凌赓、恒鹤、刁宁校点，上海古籍出版社1988年版，第1470页。

❷ 张廷玉等撰：《明史》，中华书局1974年版，第888页。

端原受御马监大使。"❶ 这个结果也是好的，它不是后人修改的结果；所谓"御马监"，可见于正史。《明史》记载，洪武"十七年更定内官诸监、库、局品职"。其中，御马司改为"御马监"❷。这就是说，御马监设立于公元 1384 年。这个情况继续证明，罗贯中纂修的《水浒传》脱稿于明朝初期。

无论施耐庵，还是罗贯中，都切身经历过元朝的统治。元朝末期出现过红巾起义，这次起义在《水浒传》中得到折射。在容与堂本中，第二回提及"陈达头戴乾红凹面巾"❸；第五回提及周通"头戴撮尖乾红凹面巾"，他手下人"头巾都戴茜根红"❹；第十七回提及梁山好汉"红巾名姓传千古"❺；第二十回提及阮小二、阮小五、阮小七"头带绛红巾"❻；第三十二回提及燕顺头上裹着"一条红绢帕"❼，郑天寿"也裹着顶绛红头

❶ 施耐庵、罗贯中著：《容与堂本水浒传》，凌赓、恒鹤、刁宁校点，上海古籍出版社 1988 年版，第 1471 页。

❷ 张廷玉等撰：《明史》，中华书局 1974 年版，第 1824 页。

❸ 施耐庵、罗贯中著：《容与堂本水浒传》，凌赓、恒鹤、刁宁校点，上海古籍出版社 1988 年版，第 29 页。

❹ 施耐庵、罗贯中著：《容与堂本水浒传》，凌赓、恒鹤、刁宁校点，上海古籍出版社 1988 年版，第 75 页。

❺ 施耐庵、罗贯中著：《容与堂本水浒传》，凌赓、恒鹤、刁宁校点，上海古籍出版社 1988 年版，第 239 页。

❻ 施耐庵、罗贯中著：《容与堂本水浒传》，凌赓、恒鹤、刁宁校点，上海古籍出版社 1988 年版，第 274 页。

❼ 施耐庵、罗贯中著：《容与堂本水浒传》，凌赓、恒鹤、刁宁校点，上海古籍出版社 1988 年版，第 461 页。

巾"❶；第三十四回提及燕顺、王英、郑天寿手下的三五百个小
喽啰"头裹红巾"❷；第五十四回提及宋江"头顶茜红巾"❸；第
六十一回提及李逵裹着"茜红头巾"❹；第六十三回提及梁山泊
好汉"人人都带茜红巾"❺；第七十七回提及李逵、鲍旭、项充、
李衮带领的一队步军都裹"绛红罗头巾"❻。可见，施耐庵、罗
贯中笔下的宋江起义，在相当程度上象征着元朝末期的红巾起
义。红巾起义在客观上动摇了元朝的根基，有利于明朝的建立。
这些情况，与《水浒传》的成书有密切关系。

---

❶ 施耐庵、罗贯中著：《容与堂本水浒传》，凌赓、恒鹤、刁宁校点，上海古
籍出版社1988年版，第462页。

❷ 施耐庵、罗贯中著：《容与堂本水浒传》，凌赓、恒鹤、刁宁校点，上海古
籍出版社1988年版，第483页。

❸ 施耐庵、罗贯中著：《容与堂本水浒传》，凌赓、恒鹤、刁宁校点，上海古
籍出版社1988年版，第804页。

❹ 施耐庵、罗贯中著：《容与堂本水浒传》，凌赓、恒鹤、刁宁校点，上海古
籍出版社1988年版，第909页。

❺ 施耐庵、罗贯中著：《容与堂本水浒传》，凌赓、恒鹤、刁宁校点，上海古
籍出版社1988年版，第939页。

❻ 施耐庵、罗贯中著：《容与堂本水浒传》，凌赓、恒鹤、刁宁校点，上海古
籍出版社1988年版，第1133页。

第三章

《西游记》成书之谜

　　探讨《西游记》成书之谜，需要彻底更新对该书作者问题的认识。今人往往认为其作者是吴承恩，相关根据见天启《淮安府志》卷十九《艺文志·淮贤文目》。然而，有关记载非常简单，无法充分说明吴承恩的《西游记》是作为古典名著的《西游记》。明末清初人黄虞稷，在《千顷堂书目》卷八中将吴承恩的《西游记》列入"地理类"，这清晰地说明吴承恩不是名著《西游记》的作者。本章依托李卓吾批评本《西游记》，并借助其他一些作品和材料，全面地探讨《西游记》作者问题。

一、《西游记》和《水浒传》若干比较，加上有关文字记载，初步证明《西游记》作者是罗贯中

　　笔者通过考察李卓吾批评本《西游记》和容与堂本《水浒传》中的很多语言，发现有惊人的现象。

　　《西游记》第十一回说："乾坤浩大，日月照鉴分明；宇宙宽洪，天地不容奸党。使心用术，果报只在今生；善布浅求，获福休言后世。千般巧计，不如本分为人；万种强徒，怎似随缘节俭。心行慈善，何须努力看经？意欲损人，空读如来一藏。"❶《水浒传》第五十回说："乾坤宏大，日月照鉴分明；宇宙宽洪，

---

　　❶ 吴承恩著：《李卓吾批评本·西游记》，陈宏、杨波校点，岳麓书社 2015 年版，第 82 页。

天地不容奸党。使心用幸，果报只在今生；积善存仁，获福休言后世。千般巧计，不如本分为人；万种强为，争奈随缘俭用。心慈行孝，何须努力看经；意恶损人，空读如来一藏。"❶ 后部小说的这些语句，高度雷同于前部小说的那些语句。

《西游记》第三十回说："青如削翠，高似摩云。周回有虎踞龙蟠，四面多猿啼鹤唳。朝出云封山顶，暮观日挂林间。流水潺潺鸣玉佩，洞泉滴滴奏瑶琴。"❷《水浒传》第五十三回说："青山削翠，碧岫堆云。两崖分虎踞龙蟠，四面有猿啼鹤唳。朝看云封山顶，暮观日挂林梢。流水潺湲，洞内声声鸣玉珮；飞泉瀑布，洞中隐隐奏瑶琴。"❸ 后部小说的这些语句，高度雷同于前部小说的那些语句。

《西游记》第三十回说："上连玉女洗头盆，下接天河分派水。乾坤结秀赛蓬莱，清浊育成真洞府。丹青妙笔画时难，仙子天机描不就。玲珑怪石石玲珑，玲珑结彩岭头峰。日影动千条紫艳，瑞气摇万道红霞。"❹《水浒传》第五十九回说："上连玉女洗头盆，下接天河分派水。乾坤皆秀，尖峰仿佛接云根；山岳惟

❶ 施耐庵、罗贯中著：《容与堂本水浒传》，凌赓、恒鹤、刁宁校点，上海古籍出版社1988年版，第739页。

❷ 吴承恩著：《李卓吾批评本·西游记》，陈宏、杨波校点，岳麓书社2015年版，第237页。

❸ 施耐庵、罗贯中著：《容与堂本水浒传》，凌赓、恒鹤、刁宁校点，上海古籍出版社1988年版，第788页。

❹ 吴承恩著：《李卓吾批评本·西游记》，陈宏、杨波校点，岳麓书社2015年版，第237页。

尊，怪石巍峨侵斗柄。……张僧繇妙笔画难成，李龙眠天机描不就。深沉洞府，月光飞万道金霞；峥嵘岩崖，日影动千条紫焰。"❶ 后部小说的这些语句，高度雷同于前部小说的那些语句。

《西游记》第三十四回说："棋逢对手难藏兴，将遇良才可用功。那两员神将相交，好便似南山虎斗，北海龙争。龙争处，鳞甲生辉；虎斗时，爪牙乱落。爪牙乱落撒银钩，鳞甲生辉支铁叶。这一个翻翻复复，有千般解数；那一个来来往往，无半点放闲。金箍棒，离顶门只隔三分；七星剑，向心窝惟争一蹑。那个威风逼得斗牛寒，这个怒气胜如雷电险。"❷《水浒传》第三十四回说："棋逢敌手难藏幸，将遇良才好用功。""一对南山猛虎，两条北海苍龙。龙怒时头角峥嵘，虎斗处爪牙狞恶。爪牙狞恶，似银钩不离锦毛团；头角峥嵘，如铜叶振摇金色树。翻翻复复，点钢枪没半米放闲；往往来来，狼牙棒有千般解数。狼牙棒当头劈下，离顶门只隔分毫；点钢枪用力刺来，望心坎微争半指。使点钢枪的壮士，威风上逼斗牛寒；舞狼牙棒的将军，怒气起如雷电发。"❸ 后部小说的这些语句，高度雷同于前部小说的那些语句。

---

❶ 施耐庵、罗贯中著：《容与堂本水浒传》，凌赓、恒鹤、刁宁校点，上海古籍出版社 1988 年版，第 873 页。

❷ 吴承恩著：《李卓吾批评本·西游记》，陈宏、杨波校点，岳麓书社 2015 年版，第 272 页。

❸ 施耐庵、罗贯中著：《容与堂本水浒传》，凌赓、恒鹤、刁宁校点，上海古籍出版社 1988 年版，第 488 页。

《西游记》第三十六回说："山顶嵯峨摩斗柄，树梢仿佛接云霄。青烟堆里，时闻得谷口猿啼；乱翠阴中，每听得松间鹤唳。啸风山魅立溪间，戏弄樵夫；成器狐狸坐崖畔，惊张猎户。"❶《水浒传》第三十一回说："石角棱层侵斗柄，树梢仿佛接云霄。烟岚堆里，时闻幽鸟闲啼；翡翠阴中，每听哀猿孤啸。弄风山鬼，向溪边侮弄樵夫；挥尾野狐，立岩下惊张猎户。"❷后部小说的这些语句，高度雷同于前部小说的那些语句。

《西游记》第三十六回说："那八面崔巍，四围崄峻。古怪乔松盘翠盖，枯攧老树挂藤萝。泉水飞流，寒气透人毛发冷；巅峰屹岜，清风射眼梦魂惊。时听大虫哮吼，每闻山鸟时鸣。麂鹿成群穿荆棘，往来跳跃；獐犯结党寻野食，前后奔跑。伫立草坡，一望并无客旅；行来深凹，四边俱有豺狼。应非佛祖修行处，尽是飞禽走兽场。"❸《水浒传》第三十二回说："八面嵯峨，四围险峻。古怪乔松盘翠盖，权枒老树挂藤萝。瀑布飞流，寒气逼人毛发冷；巅崖直下，清光射目梦魂惊。涧水时听，樵人斧响；峰峦倒卓，山鸟声哀。麋鹿成群，狐狸结党，穿荆棘往来跳跃，寻野食前后呼号。伫立草坡，一望并无商旅店；行来山坳，

---

❶ 吴承恩著：《李卓吾批评本·西游记》，陈宏、杨波校点，岳麓书社 2015 年版，第 285 页。

❷ 施耐庵、罗贯中著：《容与堂本水浒传》，凌赓、恒鹤、刁宁校点，上海古籍出版社 1988 年版，第 447 页。

❸ 吴承恩著：《李卓吾批评本·西游记》，陈宏、杨波校点，岳麓书社 2015 年版，第 285 页。

周回尽是死尸坑。若非佛祖修行处，定是强人打劫场。"❶ 后部
小说的这些语句，高度雷同于前部小说的那些语句。

《西游记》第八十四回说："十字街，灯光灿烂；九重殿，
香霭钟鸣。七点皎星照碧汉，八方客旅卸行踪。六军营，隐隐的
画角才吹；五鼓楼，点点的铜壶初滴。四边宿雾昏昏，三市寒烟
蔼蔼。两两夫妻归绣幕，一轮明月上东方。"❷《水浒传》第三十
一回说："十字街荧煌灯火，九曜寺香霭钟声。一轮明月挂青天，
几点疏星明碧汉。六军营内，呜呜画角频吹；五鼓楼头，点点铜
壶正滴。四边宿雾，昏昏罩舞榭歌台；三市寒烟，隐隐蔽绿窗朱
户。两两佳人归绣幕，双双士子掩书帏。"❸ 后部小说的这些语
句，高度雷同于前部小说的那些语句。

《西游记》第九十七回说："平生正直，素性贤良。少年向
雪案攻书，早岁在金銮对策。常怀忠义之心，每切仁慈之念。名
扬青史播千年，龚黄再见；声振黄堂传万古，卓鲁重生。"❹《水
浒传》第二十七回说："平生正直，禀性贤明。幼年向雪案攻
书，长成向金銮对策。常怀忠孝之心，每行仁慈之念。……攀辕

---

❶ 施耐庵、罗贯中著：《容与堂本水浒传》，凌赓、恒鹤、刁宁校点，上海古
籍出版社 1988 年版，第 460 页。

❷ 吴承恩著：《李卓吾批评本·西游记》，陈宏、杨波校点，岳麓书社 2015 年
版，第 692 页。

❸ 施耐庵、罗贯中著：《容与堂本水浒传》，凌赓、恒鹤、刁宁校点，上海古
籍出版社 1988 年版，第 437 页。

❹ 吴承恩著：《李卓吾批评本·西游记》，陈宏、杨波校点，岳麓书社 2015 年
版，第 788 页。

截镫，名标青史播千年；勒石镌碑，声振黄堂传万古。"❶ 后部小说的这些语句，高度雷同于前部小说的那些语句。

综上所述，《西游记》中的很多语句，成片地、大块地雷同于《水浒传》中的很多语句。这些语句，涉及《西游记》第十一回、第三十回、第三十四回、第三十六回、第八十四回、第九十七回，涉及《水浒传》第二十七回、第三十一回、第三十二回、第三十四回、第五十回、第五十三回、第五十九回。也就是说，涉及《西游记》一百回的六回，这六回在书内的跨度非常大；涉及《水浒传》一百回的七回，这七回在书内的跨度也不小。这些情况的出现，应该不是偶然的。它们表明，《西游记》的作者就存在于为《水浒传》做出重要贡献的人员之中。

在《西游记》中，第一回说："挨的挨，擦的擦，推的推，压的压，扯的扯，拉的拉。"❷ 第八十一回说："跑的跑，颤的颤，躲的躲，慌的慌"；"锉的锉，烧的烧，磨的磨，舂的舂"❸。在《水浒传》中，第七十四回说："哭的哭，叫的叫，跑的跑，

❶ 施耐庵、罗贯中著：《容与堂本水浒传》，凌赓、恒鹤、刁宁校点，上海古籍出版社1988年版，第388页。

❷ 吴承恩著：《李卓吾批评本·西游记》，陈宏、杨波校点，岳麓书社2015年版，第3页。

❸ 吴承恩著：《李卓吾批评本·西游记》，陈宏、杨波校点，岳麓书社2015年版，第670页。

躲的躲。"❶ 这些话语在句式上相同。

在《西游记》中，第三回说，"老龙王胆战心惊，小龙子魂飞魄散"❷。在《水浒传》中，第六十二回说："绿槐影里，娇莺胆战心惊；翠柳阴中，野鹊魂飞魄散。"❸ 前者和后者都出现"胆战心惊"与"魂飞魄散"。

在《西游记》中，第四回说："棒举却如龙戏水，斧来犹似凤穿花。"❹ 在《水浒传》中，第二十四回说："交颈鸳鸯戏水，并头鸾凤穿花。"❺ 前者和后者都出现"戏水"与"穿花"。

在《西游记》中，第四回说："绛纱衣，星辰灿烂；芙蓉冠，金璧辉煌。"❻ 在《水浒传》中，第七十一回说："绛绡衣星辰灿烂，芙蓉冠金碧交加。"❼ 前者和后者基本相同。

在《西游记》中，第四回说："金钟撞动，三曹神表进丹

---

❶ 施耐庵、罗贯中著：《容与堂本水浒传》，凌赓、恒鹤、刁宁校点，上海古籍出版社 1988 年版，第 1094 页。

❷ 吴承恩著：《李卓吾批评本·西游记》，陈宏、杨波校点，岳麓书社 2015 年版，第 21 页。

❸ 施耐庵、罗贯中著：《容与堂本水浒传》，凌赓、恒鹤、刁宁校点，上海古籍出版社 1988 年版，第 928 页。

❹ 吴承恩著：《李卓吾批评本·西游记》，陈宏、杨波校点，岳麓书社 2015 年版，第 30 页。

❺ 施耐庵、罗贯中著：《容与堂本水浒传》，凌赓、恒鹤、刁宁校点，上海古籍出版社 1988 年版，第 353 页。

❻ 吴承恩著：《李卓吾批评本·西游记》，陈宏、杨波校点，岳麓书社 2015 年版，第 27 页。

❼ 施耐庵、罗贯中著：《容与堂本水浒传》，凌赓、恒鹤、刁宁校点，上海古籍出版社 1988 年版，第 1040 页。

墀；天鼓鸣时，万圣朝王参玉帝。"❶ 在《水浒传》中，第七十一回说："金钟撞处，高功表进奏虚皇；玉珮鸣时，都讲登坛朝玉帝。"❷ 前者和后者在句式与表述上都有雷同之处。

在《西游记》中，第四回说："玉簪珠履，紫绶金章。"❸ 在《水浒传》中，第七十四回说："左侍下玉簪珠履，右侍下紫绶金章。"❹ 第九十回说，"玉簪珠履，紫绶金章"❺。这些话语都出现"玉簪珠履"和"紫绶金章"。

在《西游记》中，第六回说："英雄气概等时休。"❻ 在《水浒传》中，第四十回说，"英雄气概霎时休"❼。前者和后者基本相同，只有一字之差。

在《西游记》中，第八回说："播土扬尘天地暗，飞砂走石

❶ 吴承恩著：《李卓吾批评本·西游记》，陈宏、杨波校点，岳麓书社2015年版，第27页。

❷ 施耐庵、罗贯中著：《容与堂本水浒传》，凌赓、恒鹤、刁宁校点，上海古籍出版社1988年版，第1040页。

❸ 吴承恩著：《李卓吾批评本·西游记》，陈宏、杨波校点，岳麓书社2015年版，第27页。

❹ 施耐庵、罗贯中著：《容与堂本水浒传》，凌赓、恒鹤、刁宁校点，上海古籍出版社1988年版，第1088—1089页。

❺ 施耐庵、罗贯中著：《容与堂本水浒传》，凌赓、恒鹤、刁宁校点，上海古籍出版社1988年版，第1315页。

❻ 吴承恩著：《李卓吾批评本·西游记》，陈宏、杨波校点，岳麓书社2015年版，第48页。

❼ 施耐庵、罗贯中著：《容与堂本水浒传》，凌赓、恒鹤、刁宁校点，上海古籍出版社1988年版，第586页。

鬼神惊。"❶ 第五十三回说："飞砂走石乾坤暗，播土扬尘日月愁。"❷ 第六十一回说："播土扬尘天地暗，飞砂走石鬼神藏。"❸ 在《水浒传》中，第五十四回说："飞砂走石，播土扬尘。"❹ 这些话语都出现"播土扬尘"和"飞砂走石"。

在《西游记》中，第九回说："静鞭三下响，衣冠拜冕旒。"❺ 在《水浒传》中，第一回说："净鞭三下响""衣冠拜冕旒"❻。前者和后者基本相同。

在《西游记》中，第九回说，泾河龙王"变作白衣秀士"，"撞入袁守诚卦铺"❼。在《水浒传》中，第八十一回说，道君皇帝"扮作白衣秀士"，"径到李师师家后门来"❽。前者和后者在

❶ 吴承恩著：《李卓吾批评本·西游记》，陈宏、杨波校点，岳麓书社 2015 年版，第 60—61 页。

❷ 吴承恩著：《李卓吾批评本·西游记》，陈宏、杨波校点，岳麓书社 2015 年版，第 438 页。

❸ 吴承恩著：《李卓吾批评本·西游记》，陈宏、杨波校点，岳麓书社 2015 年版，第 501 页。

❹ 施耐庵、罗贯中著：《容与堂本水浒传》，凌赓、恒鹤、刁宁校点，上海古籍出版社 1988 年版，第 806 页。

❺ 吴承恩著：《李卓吾批评本·西游记》，陈宏、杨波校点，岳麓书社 2015 年版，第 70 页。

❻ 施耐庵、罗贯中著：《容与堂本水浒传》，凌赓、恒鹤、刁宁校点，上海古籍出版社 1988 年版，第 3 页。

❼ 吴承恩著：《李卓吾批评本·西游记》，陈宏、杨波校点，岳麓书社 2015 年版，第 69 页。

❽ 施耐庵、罗贯中著：《容与堂本水浒传》，凌赓、恒鹤、刁宁校点，上海古籍出版社 1988 年版，第 1185 页。

设计与表述上都有雷同之处。

在《西游记》中，第十回说："阴风飒飒，黑雾漫漫。"❶ 在《水浒传》中，第六十八回说，"黑雾漫漫，狂风飒飒"❷。前者和后者都出现"风飒飒"与"雾漫漫"。

在《西游记》中，第十回说："善恶到头终有报，只争来早与来迟。"❸ 在《水浒传》中，第九十九回说："善恶到头终有报，只争来早与来迟。"❹ 前者和后者完全相同。

在《西游记》中，第十二回说："辉光艳艳满乾坤，结彩纷纷凝宇宙。"❺ 在《水浒传》中，第六十一回说："慷慨名扬宇宙，论英雄、播满乾坤。"❻ 前者和后者都出现"乾坤"与"宇宙"。

在《西游记》中，第十七回说："万壑争流，千崖竞秀。"❼

❶ 吴承恩著：《李卓吾批评本·西游记》，陈宏、杨波校点，岳麓书社2015年版，第76页。

❷ 施耐庵、罗贯中著：《容与堂本水浒传》，凌赓、恒鹤、刁宁校点，上海古籍出版社1988年版，第1010页。

❸ 吴承恩著：《李卓吾批评本·西游记》，陈宏、杨波校点，岳麓书社2015年版，第77页。

❹ 施耐庵、罗贯中著：《容与堂本水浒传》，凌赓、恒鹤、刁宁校点，上海古籍出版社1988年版，第1464页。

❺ 吴承恩著：《李卓吾批评本·西游记》，陈宏、杨波校点，岳麓书社2015年版，第90页。

❻ 施耐庵、罗贯中著：《容与堂本水浒传》，凌赓、恒鹤、刁宁校点，上海古籍出版社1988年版，第902页。

❼ 吴承恩著：《李卓吾批评本·西游记》，陈宏、杨波校点，岳麓书社2015年版，第127页。

第八十回说："千岩竞秀如排戟，万壑争流远浪洪。"[1] 在《水浒传》中，第一回说："千峰竞秀，万壑争流。"[2] 第八十五回说："千峰竞秀，夜深白鹤听仙经；万壑争流，风暖幽禽相对语。"[3] 这些话语既都出现"万"和"千"，又都出现"争流"和"竞秀"。

在《西游记》中，第十八回说："翻江搅海鬼神愁，裂石崩山天地怪。"[4] 在《水浒传》中，第八十六回说："万马奔驰天地怕，千军踊跃鬼神愁。"[5] 前者和后者在句式与表述上都有雷同之处。

在《西游记》中，第十九回说，"破人亲事如杀父"[6]。第九十五回说，"破人亲事，如杀父母之仇"[7]。在《水浒传》中，第

---

[1] 吴承恩著：《李卓吾批评本·西游记》，陈宏、杨波校点，岳麓书社 2015 年版，第 660 页。

[2] 施耐庵、罗贯中著：《容与堂本水浒传》，凌赓、恒鹤、刁宁校点，上海古籍出版社 1988 年版，第 6 页。

[3] 施耐庵、罗贯中著：《容与堂本水浒传》，凌赓、恒鹤、刁宁校点，上海古籍出版社 1988 年版，第 1243 页。

[4] 吴承恩著：《李卓吾批评本·西游记》，陈宏、杨波校点，岳麓书社 2015 年版，第 140 页。

[5] 施耐庵、罗贯中著：《容与堂本水浒传》，凌赓、恒鹤、刁宁校点，上海古籍出版社 1988 年版，第 1264 页。

[6] 吴承恩著：《李卓吾批评本·西游记》，陈宏、杨波校点，岳麓书社 2015 年版，第 144 页。

[7] 吴承恩著：《李卓吾批评本·西游记》，陈宏、杨波校点，岳麓书社 2015 年版，第 775 页。

二十一回说："破人买卖衣饭，如杀父母妻子。"❶ 这些话语都出现"破人……如杀……"的句式和表述。

在《西游记》中，第二十回说："青岱染成千丈玉，碧纱笼罩万堆烟。"❷ 第四十回说："青石染成千块玉，碧纱笼罩万堆烟。"❸ 在《水浒传》中，第一回说："青黛染成千块玉，碧纱笼罩万堆烟。"❹ 这些话语基本相同，只有个别文字相异。

在《西游记》中，第二十三回说，"满头珠翠""遍体幽香"❺。在《水浒传》中，第二十一回说："满头珠翠，遍体金玉。"❻ 前者和后者都出现"满头"与"遍体"。

在《西游记》中，第二十七回说："翠袖轻摇笼玉笋，湘裙斜拽显金莲。"❼ 第七十二回说："飘扬翠袖，低笼着玉笋纤纤；

❶ 施耐庵、罗贯中著：《容与堂本水浒传》，凌赓、恒鹤、刁宁校点，上海古籍出版社 1988 年版，第 292 页。

❷ 吴承恩著：《李卓吾批评本·西游记》，陈宏、杨波校点，岳麓书社 2015 年版，第 154 页。

❸ 吴承恩著：《李卓吾批评本·西游记》，陈宏、杨波校点，岳麓书社 2015 年版，第 319 页。

❹ 施耐庵、罗贯中著：《容与堂本水浒传》，凌赓、恒鹤、刁宁校点，上海古籍出版社 1988 年版，第 6 页。

❺ 吴承恩著：《李卓吾批评本·西游记》，陈宏、杨波校点，岳麓书社 2015 年版，第 180 页。

❻ 施耐庵、罗贯中著：《容与堂本水浒传》，凌赓、恒鹤、刁宁校点，上海古籍出版社 1988 年版，第 286 页。

❼ 吴承恩著：《李卓吾批评本·西游记》，陈宏、杨波校点，岳麓书社 2015 年版，第 208 页。

摇拽缃裙，半露出金莲窄窄。"❶ 第七十二回又说："翠袖低垂笼
玉笋，缃裙斜拽露金莲。"❷ 在《水浒传》中，第二十一回说：
"金莲窄窄，湘裙微露不胜情；玉笋纤纤，翠袖半笼无限意。"❸
第三十回说："纤腰袅娜，绿罗裙掩映金莲；素体馨香，绛纱袖
轻笼玉笋。"❹ 这些话语都将"袖"和"玉笋"联系起来，把
"裙"和"金莲"联系起来。

在《西游记》中，第三十七回说："不信直中直，须防仁不
仁。"❺ 在《水浒传》中，第四十五回说："莫信直中直，须防仁
不仁。"❻ 前者和后者基本相同，只有一字之差。

在《西游记》中，第三十七回说，"念一会《梁皇水忏》，
看一会《孔雀真经》"❼。第四十四回说："宣理《消灾忏》，开

❶ 吴承恩著：《李卓吾批评本·西游记》，陈宏、杨波校点，岳麓书社 2015 年
版，第 592 页。

❷ 吴承恩著：《李卓吾批评本·西游记》，陈宏、杨波校点，岳麓书社 2015 年
版，第 592 页。

❸ 施耐庵、罗贯中著：《容与堂本水浒传》，凌赓、恒鹤、刁宁校点，上海古
籍出版社 1988 年版，第 287 页。

❹ 施耐庵、罗贯中著：《容与堂本水浒传》，凌赓、恒鹤、刁宁校点，上海古
籍出版社 1988 年版，第 427 页。

❺ 吴承恩著：《李卓吾批评本·西游记》，陈宏、杨波校点，岳麓书社 2015 年
版，第 296 页。

❻ 施耐庵、罗贯中著：《容与堂本水浒传》，凌赓、恒鹤、刁宁校点，上海古
籍出版社 1988 年版，第 663 页。

❼ 吴承恩著：《李卓吾批评本·西游记》，陈宏、杨波校点，岳麓书社 2015 年
版，第 292 页。

讲《道德经》。"❶ 第八十一回说，"两卷《法华经》，一第《梁王忏》"❷。第九十六回说："拜水忏，解冤愆；讽《华严》，除非谤。"❸ 在《水浒传》中，第六回说："一个尽世不看梁武忏，一个半生懒念《法华经》。"❹ 第四十五回说："朝看《楞伽经》，暮念《华严咒》。"❺ 第四十五回又说，"着众僧用心看经，请天王拜忏"❻。第九十五回说："一个尽世不修梁武忏，一个平生那识祖师禅。"❼ 这些话语既涉及"忏"或"咒"，又涉及"经"或"禅"。

在《西游记》中，第四十二回说："要知此物名和姓，兴风作浪恶乌龟。"❽ 在《水浒传》中，第四十三回说："有人问我名

❶ 吴承恩著：《李卓吾批评本·西游记》，陈宏、杨波校点，岳麓书社 2015 年版，第 360 页。

❷ 吴承恩著：《李卓吾批评本·西游记》，陈宏、杨波校点，岳麓书社 2015 年版，第 669－670 页。

❸ 吴承恩著：《李卓吾批评本·西游记》，陈宏、杨波校点，岳麓书社 2015 年版，第 783 页。

❹ 施耐庵、罗贯中著：《容与堂本水浒传》，凌赓、恒鹤、刁宁校点，上海古籍出版社 1988 年版，第 88 页。

❺ 施耐庵、罗贯中著：《容与堂本水浒传》，凌赓、恒鹤、刁宁校点，上海古籍出版社 1988 年版，第 661 页。

❻ 施耐庵、罗贯中著：《容与堂本水浒传》，凌赓、恒鹤、刁宁校点，上海古籍出版社 1988 年版，第 665 页。

❼ 施耐庵、罗贯中著：《容与堂本水浒传》，凌赓、恒鹤、刁宁校点，上海古籍出版社 1988 年版，第 1389 页。

❽ 吴承恩著：《李卓吾批评本·西游记》，陈宏、杨波校点，岳麓书社 2015 年版，第 340 页。

和姓，撼地摇天黑旋风。"❶ 前者和后者在句式与表述上都有雷同之处。

在《西游记》中，第四十二回说："前走的如流星过度，后走的如弩箭离弦。"❷ 在《水浒传》中，第八十三回说，"流星飞坠，弩箭离弦"❸。前者和后者都出现"流星"与"弩箭"。

在《西游记》中，第四十四回说："微尘眼底三千界，锡杖头边四百州。"❹ 在《水浒传》中，第二回说："冰轮展出三千里，玉兔平吞四百州。"❺ 第四回说："根盘直压三千丈，气势平吞四百州。"❻ 这些话语都出现"三千"和"四百"。

在《西游记》中，第四十五回说："雷公奋怒，倒骑火兽下天关；电母生嗔，乱掣金蛇离斗府。"❼ 在《水浒传》中，第五十二回说："雷公忿怒，倒骑火兽逞神威；电母生嗔，乱掣金蛇

---

❶ 施耐庵、罗贯中著：《容与堂本水浒传》，凌赓、恒鹤、刁宁校点，上海古籍出版社 1988 年版，第 625 页。

❷ 吴承恩著：《李卓吾批评本·西游记》，陈宏、杨波校点，岳麓书社 2015 年版，第 343 页。

❸ 施耐庵、罗贯中著：《容与堂本水浒传》，凌赓、恒鹤、刁宁校点，上海古籍出版社 1988 年版，第 1218 页。

❹ 吴承恩著：《李卓吾批评本·西游记》，陈宏、杨波校点，岳麓书社 2015 年版，第 354 页。

❺ 施耐庵、罗贯中著：《容与堂本水浒传》，凌赓、恒鹤、刁宁校点，上海古籍出版社 1988 年版，第 34 页。

❻ 施耐庵、罗贯中著：《容与堂本水浒传》，凌赓、恒鹤、刁宁校点，上海古籍出版社 1988 年版，第 54 页。

❼ 吴承恩著：《李卓吾批评本·西游记》，陈宏、杨波校点，岳麓书社 2015 年版，第 369 页。

施圣力。"❶ 前者和后者都将"雷公"与"倒骑火兽"联系起来,把"电母"与"乱掣金蛇"联系起来。

在《西游记》中,第四十八回说,"彤云密布,朔风凛凛号空"❷。在《水浒传》中,第八十九回说,"朔风凛凛,彤云密布"❸。前者和后者都出现"彤云密布"与"朔风凛凛"。

在《西游记》中,第五十八回说:"隔架遮拦无胜败,撑持抵敌没输赢。"❹ 在《水浒传》中,第十二回说:"斗来半晌没输赢,战到数番无胜败。"❺ 前者和后者都出现"无胜败"与"没输赢"。

在《西游记》中,第六十回说:"如花解语,似玉生香。"❻ 在《水浒传》中,第二十四回说:"玉貌妖娆花解语,芳容窈窕玉生香。"❼ 前者和后者都出现"花解语"与"玉生香"。

---

❶ 施耐庵、罗贯中著:《容与堂本水浒传》,凌赓、恒鹤、刁宁校点,上海古籍出版社 1988 年版,第 779 页。

❷ 吴承恩著:《李卓吾批评本·西游记》,陈宏、杨波校点,岳麓书社 2015 年版,第 391 页。

❸ 施耐庵、罗贯中著:《容与堂本水浒传》,凌赓、恒鹤、刁宁校点,上海古籍出版社 1988 年版,第 1296 页。

❹ 吴承恩著:《李卓吾批评本·西游记》,陈宏、杨波校点,岳麓书社 2015 年版,第 476 页。

❺ 施耐庵、罗贯中著:《容与堂本水浒传》,凌赓、恒鹤、刁宁校点,上海古籍出版社 1988 年版,第 161 页。

❻ 吴承恩著:《李卓吾批评本·西游记》,陈宏、杨波校点,岳麓书社 2015 年版,第 493 页。

❼ 施耐庵、罗贯中著:《容与堂本水浒传》,凌赓、恒鹤、刁宁校点,上海古籍出版社 1988 年版,第 331 页。

在《西游记》中，第六十六回说，"行者见一个，打一个；见两个，打两个，把五七百个小妖尽皆打死"❶。在《水浒传》中，第四十一回说，众好汉"见一个杀一个，见两个杀一双，把黄文炳一门内外大小四五十口尽皆杀了"❷。前者和后者在句式与表述上都雷同。

在《西游记》中，第七十五回说，"花纹密布鬼神惊"❸。在《水浒传》中，第七回说，"花纹密布，鬼神见后心惊"❹。前者和后者基本相同。

在《西游记》中，第七十五回说，"一声吆喝如雷震"❺。在《水浒传》中，第六十一回说，"一声咆吼如雷震"❻。前者和后者都出现"一声……如雷震"的句式与表述。

在《西游记》中，第七十六回说："龙出海门云霭霭，蟒穿

---

❶ 吴承恩著：《李卓吾批评本·西游记》，陈宏、杨波校点，岳麓书社 2015 年版，第 547 页。

❷ 施耐庵、罗贯中著：《容与堂本水浒传》，凌赓、恒鹤、刁宁校点，上海古籍出版社 1988 年版，第 599 页。

❸ 吴承恩著：《李卓吾批评本·西游记》，陈宏、杨波校点，岳麓书社 2015 年版，第 624 页。

❹ 施耐庵、罗贯中著：《容与堂本水浒传》，凌赓、恒鹤、刁宁校点，上海古籍出版社 1988 年版，第 107 页。

❺ 吴承恩著：《李卓吾批评本·西游记》，陈宏、杨波校点，岳麓书社 2015 年版，第 622 页。

❻ 施耐庵、罗贯中著：《容与堂本水浒传》，凌赓、恒鹤、刁宁校点，上海古籍出版社 1988 年版，第 909 页。

林树雾腾腾。"❶ 在《水浒传》中，第八十八回说，"祥云霭霭，
紫雾腾腾"❷。前者和后者都出现"云霭霭"与"雾腾腾"。

在《西游记》中，第七十六回说："欢喜之间愁又至，经云
'泰极否还生'。"❸ 第九十一回说，"泰极生否，乐盛生悲"❹。
第九十六回说："泰极还生否，乐处又逢悲。"❺ 在《水浒传》
中，第二十六回说："乐极生悲，否极泰来。"❻ 第七十八回说：
"欢喜未来愁又至，才逢病退又遭殃。"❼ 这些话语在句式和寓意
上都有雷同之处。

在《西游记》中，第八十回说："东西密摆彻云霄，南北成
行侵碧汉。"❽ 在《水浒传》中，第六回说："幡竿高峻接青云，

---

❶ 吴承恩著：《李卓吾批评本·西游记》，陈宏、杨波校点，岳麓书社2015年
版，第632页。

❷ 施耐庵、罗贯中著：《容与堂本水浒传》，凌赓、恒鹤、刁宁校点，上海古
籍出版社1988年版，第1289页。

❸ 吴承恩著：《李卓吾批评本·西游记》，陈宏、杨波校点，岳麓书社2015年
版，第634页。

❹ 吴承恩著：《李卓吾批评本·西游记》，陈宏、杨波校点，岳麓书社2015年
版，第747页。

❺ 吴承恩著：《李卓吾批评本·西游记》，陈宏、杨波校点，岳麓书社2015年
版，第786页。

❻ 施耐庵、罗贯中著：《容与堂本水浒传》，凌赓、恒鹤、刁宁校点，上海古
籍出版社1988年版，第373页。

❼ 施耐庵、罗贯中著：《容与堂本水浒传》，凌赓、恒鹤、刁宁校点，上海古
籍出版社1988年版，第1146页。

❽ 吴承恩著：《李卓吾批评本·西游记》，陈宏、杨波校点，岳麓书社2015年
版，第660页。

宝塔依稀侵碧汉。"❶ 前者和后者在句式与表述上都有雷同之处。

在《西游记》中，第八十回说，唐僧"额阔顶平"❷。在《水浒传》中，第十八回说，宋江"额阔顶平"❸。前者和后者关于相貌的表述雷同。

在《西游记》中，第八十回说："欲求生富贵，须下死工夫。"❹ 在《水浒传》中，第二十五回说："欲求生快活，须下死工夫。"❺ 前者和后者雷同，只有两字之差。

在《西游记》中，第八十三回说："依旧双轮日月，照般一望山川。"❻ 在《水浒传》中，第七十四回说，"两轮日月，一合乾坤"❼。前者和后者在句式与表述上都有雷同之处。

在《西游记》中，第九十八回说："身披锦衣，宝阁瑶池常

---

❶ 施耐庵、罗贯中著：《容与堂本水浒传》，凌赓、恒鹤、刁宁校点，上海古籍出版社1988年版，第92页。

❷ 吴承恩著：《李卓吾批评本·西游记》，陈宏、杨波校点，岳麓书社2015年版，第665页。

❸ 施耐庵、罗贯中著：《容与堂本水浒传》，凌赓、恒鹤、刁宁校点，上海古籍出版社1988年版，第245页。

❹ 吴承恩著：《李卓吾批评本·西游记》，陈宏、杨波校点，岳麓书社2015年版，第660页。

❺ 施耐庵、罗贯中著：《容与堂本水浒传》，凌赓、恒鹤、刁宁校点，上海古籍出版社1988年版，第363页。

❻ 吴承恩著：《李卓吾批评本·西游记》，陈宏、杨波校点，岳麓书社2015年版，第689页。

❼ 施耐庵、罗贯中著：《容与堂本水浒传》，凌赓、恒鹤、刁宁校点，上海古籍出版社1988年版，第1090页。

赴宴；手摇玉麈，丹台紫府每挥尘。"❶ 在《水浒传》中，第二回说："水晶壶内，尽都是紫府琼浆；琥珀杯中，满泛着瑶池玉液。"❷ 前者和后者都出现"瑶池"与"紫府"。

综上所述，《西游记》中大量的单一、零碎话语，相通、相同或相似于《水浒传》中大量的单一、零碎话语。这些话语，涉及《西游记》第一回、第三回、第四回、第六回、第八回、第九回、第十回、第十二回、第十七回、第十八回、第十九回、第二十回、第二十三回、第二十七回、第三十七回、第四十回、第四十二回、第四十四回、第四十五回、第四十八回、第五十三回、第五十八回、第六十回、第六十一回、第六十六回、第七十二回、第七十五回、第七十六回、第八十回、第八十一回、第八十三回、第九十一回、第九十五回、第九十六回、第九十八回，涉及《水浒传》第一回、第二回、第四回、第六回、第七回、第十二回、第十八回、第二十一回、第二十四回、第二十五回、第二十六回、第三十回、第四十回、第四十一回、第四十三回、第四十五回、第五十二回、第五十四回、第六十一回、第六十二回、第六十八回、第七十一回、第七十四回、第七十八回、第八十一回、第八十三回、第八十五回、第八十六回、第八十八回、

---

❶ 吴承恩著：《李卓吾批评本·西游记》，陈宏、杨波校点，岳麓书社 2015 年版，第 797 页。

❷ 施耐庵、罗贯中著：《容与堂本水浒传》，凌赓、恒鹤、刁宁校点，上海古籍出版社 1988 年版，第 17 页。

第八十九回、第九十回、第九十五回、第九十九回。也就是说，涉及《西游记》一百回的三十五回，它们的分布范围很广泛；涉及《水浒传》一百回的三十三回，它们的分布范围很广泛。这些情况的出现，肯定不是偶然的。它们仍然表明，《西游记》的作者就存在于为《水浒传》做出重要贡献的人员之中。

既然《西游记》的作者存在于为《水浒传》做出重要贡献的人员之中，加上笔者在本书第二章中已经得出《水浒传》由施耐庵撰写、罗贯中纂修的结论，而明朝人王道生在《施耐庵墓志》中完整列举施耐庵著作时没有提到《西游记》❶，那么，《西游记》的作者就应该是罗贯中。

二、《西游记》和《三国志通俗演义》若干比较，继续证明《西游记》作者是罗贯中

为了深入探讨《西游记》作者问题，有必要将《西游记》和《三国志通俗演义》做一番比较。因此，笔者对李卓吾批评本《西游记》和嘉靖壬午本《三国志通俗演义》中的许多话语进行考察。

---

❶ 朱一玄、刘毓忱编：《水浒传资料汇编》，南开大学出版社 2002 年版，第120 页。

在《西游记》中，第四回提及"巨灵名望传天下"❶。在《三国志通俗演义》中，卷之三提及"典韦救主传天下"❷。前者和后者都出现"传天下"。

在《西游记》中，第四回提及"不堕轮回万古传"❸。在《三国志通俗演义》中，卷之十五提及"华夏威名万古传"❹。前者和后者都出现"万古传"。

在《西游记》中，第六回提及"面生压伏真梁栋"❺。在《三国志通俗演义》中，卷之十提及"曹公深识真梁栋"❻。前者和后者都出现"真梁栋"。

在《西游记》中，第六回提及"英雄气概等时休"❼。在《三国志通俗演义》中，卷之十提及"曹兵百万等时休"❽。前者和后者都出现"等时休"。

在《西游记》中，第六回提及"昨朝混战还犹可，今日争

---

❶ 吴承恩著：《李卓吾批评本·西游记》，陈宏、杨波校点，岳麓书社 2015 年版，第 30 页。

❷ 罗贯中著：《三国志通俗演义》，上海古籍出版社 1980 年版，第 111 页。

❸ 吴承恩著：《李卓吾批评本·西游记》，陈宏、杨波校点，岳麓书社 2015 年版，第 33 页。

❹ 罗贯中著：《三国志通俗演义》，上海古籍出版社 1980 年版，第 716 页。

❺ 吴承恩著：《李卓吾批评本·西游记》，陈宏、杨波校点，岳麓书社 2015 年版，第 45 页。

❻ 罗贯中著：《三国志通俗演义》，上海古籍出版社 1980 年版，第 488 页。

❼ 吴承恩著：《李卓吾批评本·西游记》，陈宏、杨波校点，岳麓书社 2015 年版，第 48 页。

❽ 罗贯中著：《三国志通俗演义》，上海古籍出版社 1980 年版，第 474 页。

持更又凶"❶；第十一回提及"昨朝面上桃花色，今日头边雪片浮"❷。在《三国志通俗演义》中，卷之七提及"昨朝沮授军中失，今日田丰狱内亡"❸。这些话语都出现"昨朝……今日……"的句式和表达。

在《西游记》中，第八回提及"初出灵山第一功"❹。在《三国志通俗演义》中，卷之一提及"威镇乾坤第一功"❺，卷之八提及"初出茅庐第一功"❻，卷之十提及"合让先生第一功"❼。这些话语都出现"第一功"。

在《西游记》中，第八回提及"飞砂走石鬼神惊"❽，第三十五回提及"天昏地暗鬼神惊"❾，第七十五回提及"花纹密布

---

❶　吴承恩著：《李卓吾批评本·西游记》，陈宏、杨波校点，岳麓书社 2015 年版，第 43 页。

❷　吴承恩著：《李卓吾批评本·西游记》，陈宏、杨波校点，岳麓书社 2015 年版，第 79 页。

❸　罗贯中著：《三国志通俗演义》，上海古籍出版社 1980 年版，第 304 页。

❹　吴承恩著：《李卓吾批评本·西游记》，陈宏、杨波校点，岳麓书社 2015 年版，第 60 页。

❺　罗贯中著：《三国志通俗演义》，上海古籍出版社 1980 年版，第 47 页。

❻　罗贯中著：《三国志通俗演义》，上海古籍出版社 1980 年版，第 386 页。

❼　罗贯中著：《三国志通俗演义》，上海古籍出版社 1980 年版，第 461 页。

❽　吴承恩著：《李卓吾批评本·西游记》，陈宏、杨波校点，岳麓书社 2015 年版，第 60—61 页。

❾　吴承恩著：《李卓吾批评本·西游记》，陈宏、杨波校点，岳麓书社 2015 年版，第 279 页。

鬼神惊"❶。在《三国志通俗演义》中，卷之六提及"五关斩将鬼神惊"❷。这些话语都出现"鬼神惊"。

在《西游记》中，第九回提及"袁守诚妙算无私曲"❸。在《三国志通俗演义》中，卷之二、卷之十六均提及"谁知天意无私曲"❹。这些话语都出现"无私曲"。

在《西游记》中，第十一回提及"人生人死是前缘"❺。在《三国志通俗演义》中，卷之十二提及"君臣道合是前缘"❻。前者和后者都出现"是前缘"。

在《西游记》中，第十二回提及"升平万代赛尧汤"❼，第六十八回提及"万古乐升平"❽，第九十八回提及"无终无始乐升平"❾。在《三国志通俗演义》中，卷之十二提及"愿乐升平

❶ 吴承恩著：《李卓吾批评本·西游记》，陈宏、杨波校点，岳麓书社 2015 年版，第 624 页。

❷ 罗贯中著：《三国志通俗演义》，上海古籍出版社 1980 年版，第 275 页。

❸ 吴承恩著：《李卓吾批评本·西游记》，陈宏、杨波校点，岳麓书社 2015 年版，第 64 页。

❹ 罗贯中著：《三国志通俗演义》，上海古籍出版社 1980 年版，第 83、771 页。

❺ 吴承恩著：《李卓吾批评本·西游记》，陈宏、杨波校点，岳麓书社 2015 年版，第 84 页。

❻ 罗贯中著：《三国志通俗演义》，上海古籍出版社 1980 年版，第 545 页。

❼ 吴承恩著：《李卓吾批评本·西游记》，陈宏、杨波校点，岳麓书社 2015 年版，第 87 页。

❽ 吴承恩著：《李卓吾批评本·西游记》，陈宏、杨波校点，岳麓书社 2015 年版，第 558 页。

❾ 吴承恩著：《李卓吾批评本·西游记》，陈宏、杨波校点，岳麓书社 2015 年版，第 798 页。

万万年"❶。这些话语都将"升平"与漫长的时间联系起来。

在《西游记》中，第十三回提及"可爱镇山刘太保"❷。在《三国志通俗演义》中，卷之十三提及"可爱常山赵子龙"❸。前者和后者在句式与表述上都有雷同之处。

在《西游记》中，第十五回提及"湛湛清波映日红"❹，第三十七回提及"粘竿映日红"❺。在《三国志通俗演义》中，卷之四提及"谁似忠心映日红"❻。这些话语都出现"映日红"。

在《西游记》中，第十六回提及"风随火势，焰飞有千丈余高；火逞风威，灰迸上九霄云外"❼。在《三国志通俗演义》中，卷之十提及"风送火势，焰飞千丈之光；火趁风威，声撼半天之响"❽。前者和后者在表述上有雷同之处。

在《西游记》中，第十六回提及"胜如赤壁夜鏖兵"❾。在

---

❶ 罗贯中著：《三国志通俗演义》，上海古籍出版社 1980 年版，第 534 页。

❷ 吴承恩著：《李卓吾批评本·西游记》，陈宏、杨波校点，岳麓书社 2015 年版，第 98 页。

❸ 罗贯中著：《三国志通俗演义》，上海古籍出版社 1980 年版，第 586 页。

❹ 吴承恩著：《李卓吾批评本·西游记》，陈宏、杨波校点，岳麓书社 2015 年版，第 110 页。

❺ 吴承恩著：《李卓吾批评本·西游记》，陈宏、杨波校点，岳麓书社 2015 年版，第 297 页。

❻ 罗贯中著：《三国志通俗演义》，上海古籍出版社 1980 年版，第 195 页。

❼ 吴承恩著：《李卓吾批评本·西游记》，陈宏、杨波校点，岳麓书社 2015 年版，第 123 页。

❽ 罗贯中著：《三国志通俗演义》，上海古籍出版社 1980 年版，第 481 页。

❾ 吴承恩著：《李卓吾批评本·西游记》，陈宏、杨波校点，岳麓书社 2015 年版，第 123 页。

《三国志通俗演义》中，卷之十提及"当年赤壁夜交兵"❶。前者和后者在表述上有雷同之处。

在《西游记》中，第十六回提及"观音禅院化为尘"❷，第二十八回提及"峰头巧石化为尘"❸。在《三国志通俗演义》中，卷之十六提及"殿前骨肉化为尘"❹。这些话语都出现"化为尘"。

在《西游记》中，第十七回提及"万道缤纷实可夸"❺，第十九回提及"两个英雄实可夸"❻，第六十五回提及"若粗若细实可夸"❼，第八十二回提及"妖怪娉婷实可夸"❽。在《三国志通俗演义》中，卷之十提及"纬地经天实可夸"❾。这些话语都出现"实可夸"。

---

❶ 罗贯中著：《三国志通俗演义》，上海古籍出版社 1980 年版，第 482 页。

❷ 吴承恩著：《李卓吾批评本·西游记》，陈宏、杨波校点，岳麓书社 2015 年版，第 122 页。

❸ 吴承恩著：《李卓吾批评本·西游记》，陈宏、杨波校点，岳麓书社 2015 年版，第 216 页。

❹ 罗贯中著：《三国志通俗演义》，上海古籍出版社 1980 年版，第 759 页。

❺ 吴承恩著：《李卓吾批评本·西游记》，陈宏、杨波校点，岳麓书社 2015 年版，第 135 页。

❻ 吴承恩著：《李卓吾批评本·西游记》，陈宏、杨波校点，岳麓书社 2015 年版，第 144 页。

❼ 吴承恩著：《李卓吾批评本·西游记》，陈宏、杨波校点，岳麓书社 2015 年版，第 537 页。

❽ 吴承恩著：《李卓吾批评本·西游记》，陈宏、杨波校点，岳麓书社 2015 年版，第 678 页。

❾ 罗贯中著：《三国志通俗演义》，上海古籍出版社 1980 年版，第 488 页。

在《西游记》中，第十七回提及"老妖发怒显神威"❶，第四十五回提及"推云童子显神威"❷。在《三国志通俗演义》中，卷之九提及"将军应得显神威"❸。这些话语都出现"显神威"。

在《西游记》中，第十九回提及"六爻神将按天条，八卦星辰依次列"❹。在《三国志通俗演义》中，卷之十四提及"八卦幽微通鬼窍，六爻玄奥究天庭"❺。前者和后者在表述上有雷同之处。

在《西游记》中，第十九回提及"贪闲爱懒无休歇"❻，第五十八回提及"南征北讨无休歇"❼。在《三国志通俗演义》中，卷之一提及"遮拦架隔无休歇"❽。这些话语都出现"无休歇"。

在《西游记》中，第二十回提及"鸟鹊怎与凤凰争"❾。在

❶ 吴承恩著：《李卓吾批评本·西游记》，陈宏、杨波校点，岳麓书社 2015 年版，第 132 页。

❷ 吴承恩著：《李卓吾批评本·西游记》，陈宏、杨波校点，岳麓书社 2015 年版，第 369 页。

❸ 罗贯中著：《三国志通俗演义》，上海古籍出版社 1980 年版，第 410 页。

❹ 吴承恩著：《李卓吾批评本·西游记》，陈宏、杨波校点，岳麓书社 2015 年版，第 145 页。

❺ 罗贯中著：《三国志通俗演义》，上海古籍出版社 1980 年版，第 666 页。

❻ 吴承恩著：《李卓吾批评本·西游记》，陈宏、杨波校点，岳麓书社 2015 年版，第 143 页。

❼ 吴承恩著：《李卓吾批评本·西游记》，陈宏、杨波校点，岳麓书社 2015 年版，第 480 页。

❽ 罗贯中著：《三国志通俗演义》，上海古籍出版社 1980 年版，第 51 页。

❾ 吴承恩著：《李卓吾批评本·西游记》，陈宏、杨波校点，岳麓书社 2015 年版，第 157 页。

《三国志通俗演义》中，卷之六提及"山鸡要与凤凰争"❶。前者和后者都出现"与凤凰争"。

在《西游记》中，第二十回提及"这的是苦命江流思行者"❷，第九十回提及"这的是青华长乐界"❸。在《三国志通俗演义》中，卷之四提及"这的是刘玄德有福处"❹。这些话语都出现"这的是"。

在《西游记》中，第二十二回提及"昔年曾会在灵霄，今日争持赌猛壮"❺。在《三国志通俗演义》中，卷之十提及"沙塞昔年迷李广，孔明今日伏周郎"❻；卷之十三提及"昔年救主在当阳，今日飞身向大江"❼。这些话语都出现"昔年"和"今日"。

在《西游记》中，第二十四回提及"上下猿猴时献果"❽。在《三国志通俗演义》中，卷之八提及"扣户苍猿时献果"❾。

---

❶ 罗贯中著：《三国志通俗演义》，上海古籍出版社 1980 年版，第 275 页。

❷ 吴承恩著：《李卓吾批评本·西游记》，陈宏、杨波校点，岳麓书社 2015 年版，第 156 页。

❸ 吴承恩著：《李卓吾批评本·西游记》，陈宏、杨波校点，岳麓书社 2015 年版，第 740 页。

❹ 罗贯中著：《三国志通俗演义》，上海古籍出版社 1980 年版，第 156 页。

❺ 吴承恩著：《李卓吾批评本·西游记》，陈宏、杨波校点，岳麓书社 2015 年版，第 168 页。

❻ 罗贯中著：《三国志通俗演义》，上海古籍出版社 1980 年版，第 452 页。

❼ 罗贯中著：《三国志通俗演义》，上海古籍出版社 1980 年版，第 585 页。

❽ 吴承恩著：《李卓吾批评本·西游记》，陈宏、杨波校点，岳麓书社 2015 年版，第 185 页。

❾ 罗贯中著：《三国志通俗演义》，上海古籍出版社 1980 年版，第 359 页。

前者和后者都出现"时献果"。

在《西游记》中,第二十八回提及"金光闪烁,彩气腾腾"❶。在《三国志通俗演义》中,卷之十提及"流光闪烁""烈焰飞腾"❷。前者和后者在句式与表述上都有雷同之处。

在《西游记》中,第三十回提及"一个是擎天玉柱,一个是架海金梁"❸;第三十二回提及"擎天的玉柱,架海的金梁"❹。在《三国志通俗演义》中,卷之十二提及"擎天白玉柱,架海紫金梁"❺。这些话语都将"擎天"与"玉柱"联系起来,把"架海"与"金梁"联系起来。

在《西游记》中,第四十六回提及"似这伶俐世间稀"❻,第七十五回提及"英雄威武世间稀"❼,第九十八回提及"迎风耀舞世间稀"❽。在《三国志通俗演义》中,卷之四提及"温侯

---

❶ 吴承恩著:《李卓吾批评本·西游记》,陈宏、杨波校点,岳麓书社 2015 年版,第 219 页。

❷ 罗贯中著:《三国志通俗演义》,上海古籍出版社 1980 年版,第 481 页。

❸ 吴承恩著:《李卓吾批评本·西游记》,陈宏、杨波校点,岳麓书社 2015 年版,第 235 页。

❹ 吴承恩著:《李卓吾批评本·西游记》,陈宏、杨波校点,岳麓书社 2015 年版,第 251 页。

❺ 罗贯中著:《三国志通俗演义》,上海古籍出版社 1980 年版,第 541 页。

❻ 吴承恩著:《李卓吾批评本·西游记》,陈宏、杨波校点,岳麓书社 2015 年版,第 374 页。

❼ 吴承恩著:《李卓吾批评本·西游记》,陈宏、杨波校点,岳麓书社 2015 年版,第 622 页。

❽ 吴承恩著:《李卓吾批评本·西游记》,陈宏、杨波校点,岳麓书社 2015 年版,第 799 页。

神射世间稀"❶。这些话语都出现"世间稀"。

在《西游记》中，第四十八回提及"朔风凛凛""大雪纷纷"❷。在《三国志通俗演义》中，卷之八提及"朔风凛凛，瑞雪霏霏"❸。前者和后者有雷同之处，特别是都出现"朔风凛凛"。

在《西游记》中，第四十八回提及"柳絮漫桥，梨花盖舍"❹。在《三国志通俗演义》中，卷之八提及"当头片片梨花落，扑面纷纷柳絮狂"❺。前者和后者都出现"柳絮"与"梨花"。

在《西游记》中，第四十八回提及"却便似战退玉龙三百万，果然如败鳞残甲满天飞"❻。在《三国志通俗演义》中，卷之八提及"仰面观太虚，想是玉龙斗：纷纷鳞甲飞，顷刻遍宇宙"❼。前者和后者都出现"玉龙"以及"鳞""甲"。

---

❶ 罗贯中著：《三国志通俗演义》，上海古籍出版社1980年版，第157页。

❷ 吴承恩著：《李卓吾批评本·西游记》，陈宏、杨波校点，岳麓书社2015年版，第391页。

❸ 罗贯中著：《三国志通俗演义》，上海古籍出版社1980年版，第362页。

❹ 吴承恩著：《李卓吾批评本·西游记》，陈宏、杨波校点，岳麓书社2015年版，第391页。

❺ 罗贯中著：《三国志通俗演义》，上海古籍出版社1980年版，第365页。

❻ 吴承恩著：《李卓吾批评本·西游记》，陈宏、杨波校点，岳麓书社2015年版，第391页。

❼ 罗贯中著：《三国志通俗演义》，上海古籍出版社1980年版，第365页。

在《西游记》中，第五十四回提及"丰姿英伟，相貌轩昂"❶；第九十六回提及"相貌轩昂，丰姿英伟"❷。在《三国志通俗演义》中，卷之八提及"容貌轩昂，丰姿英迈"❸。这些话语都将"貌"与"轩昂"联系起来，把"丰姿"与"英"联系起来。

在《西游记》中，第五十五回提及"女怪只因求配偶"❹，第八十回提及"姹女育阳求配偶"❺。在《三国志通俗演义》中，卷之十六提及"权欲连和求配偶"❻。这些话语都出现"求配偶"。

在《西游记》中，第六十回提及"鸟篆之文列翠屏"❼。在《三国志通俗演义》中，卷之八提及"修竹交加列翠屏"❽。前者和后者都出现"列翠屏"。

在《西游记》中，第六十一回提及"他道他为首，我道我

---

❶ 吴承恩著：《李卓吾批评本·西游记》，陈宏、杨波校点，岳麓书社2015年版，第445页。

❷ 吴承恩著：《李卓吾批评本·西游记》，陈宏、杨波校点，岳麓书社2015年版，第782页。

❸ 罗贯中著：《三国志通俗演义》，上海古籍出版社1980年版，第360页。

❹ 吴承恩著：《李卓吾批评本·西游记》，陈宏、杨波校点，岳麓书社2015年版，第451页。

❺ 吴承恩著：《李卓吾批评本·西游记》，陈宏、杨波校点，岳麓书社2015年版，第659页。

❻ 罗贯中著：《三国志通俗演义》，上海古籍出版社1980年版，第740页。

❼ 吴承恩著：《李卓吾批评本·西游记》，陈宏、杨波校点，岳麓书社2015年版，第496页。

❽ 罗贯中著：《三国志通俗演义》，上海古籍出版社1980年版，第359页。

夺魁"❶。在《三国志通俗演义》中，卷之六提及"人言俊杰千年少，我道将军万古无"❷。前者和后者在句式与表述上都有雷同之处。

在《西游记》中，第六十二回提及"宝瓶影射天边月"❸。在《三国志通俗演义》中，卷之十三提及"高名正似天边月"❹。前者和后者都出现"天边月"。

在《西游记》中，第六十五回提及"致令今日受灾危"❺。在《三国志通俗演义》中，卷之四提及"致令今人发叹嗟"❻。前者和后者在句式与表述上都有雷同之处。

在《西游记》中，第六十六回提及"收水母之神通，拯生民之妙用"❼。在《三国志通俗演义》中，卷之十提及"展黄盖之神威，助周郎之妙用"❽。前者和后者在句式与表述上都有雷同之处。

---

❶ 吴承恩著：《李卓吾批评本·西游记》，陈宏、杨波校点，岳麓书社 2015 年版，第 503 页。

❷ 罗贯中著：《三国志通俗演义》，上海古籍出版社 1980 年版，第 260 页。

❸ 吴承恩著：《李卓吾批评本·西游记》，陈宏、杨波校点，岳麓书社 2015 年版，第 512 页。

❹ 罗贯中著：《三国志通俗演义》，上海古籍出版社 1980 年版，第 615 页。

❺ 吴承恩著：《李卓吾批评本·西游记》，陈宏、杨波校点，岳麓书社 2015 年版，第 538 页。

❻ 罗贯中著：《三国志通俗演义》，上海古籍出版社 1980 年版，第 195 页。

❼ 吴承恩著：《李卓吾批评本·西游记》，陈宏、杨波校点，岳麓书社 2015 年版，第 544 页。

❽ 罗贯中著：《三国志通俗演义》，上海古籍出版社 1980 年版，第 481 页。

在《西游记》中，第七十一回提及"正来到落凤坡前"❶。在《三国志通俗演义》中，卷之十三提及"谁知落凤坡前丧"❷。前者和后者都出现"落凤坡前"。

在《西游记》中，第七十三回提及"瑞霭连霄汉"❸。在《三国志通俗演义》中，卷之二提及"英气连霄汉"❹。前者和后者都出现"连霄汉"。

在《西游记》中，第七十五回提及"敲门者是谁"❺。在《三国志通俗演义》中，卷之一提及"其清者是谁"❻，卷之六提及"要赶关公者是谁"❼，卷之七提及"言者是谁"❽，卷之十二又提及"言者是谁"❾。这些话语都出现"……者是谁"的句式和表达。

❶ 吴承恩著：《李卓吾批评本·西游记》，陈宏、杨波校点，岳麓书社 2015 年版，第 588 页。

❷ 罗贯中著：《三国志通俗演义》，上海古籍出版社 1980 年版，第 604 页。

❸ 吴承恩著：《李卓吾批评本·西游记》，陈宏、杨波校点，岳麓书社 2015 年版，第 606 页。

❹ 罗贯中著：《三国志通俗演义》，上海古籍出版社 1980 年版，第 89 页。

❺ 吴承恩著：《李卓吾批评本·西游记》，陈宏、杨波校点，岳麓书社 2015 年版，第 622 页。

❻ 罗贯中著：《三国志通俗演义》，上海古籍出版社 1980 年版，第 23 页。

❼ 罗贯中著：《三国志通俗演义》，上海古籍出版社 1980 年版，第 258 页。

❽ 罗贯中著：《三国志通俗演义》，上海古籍出版社 1980 年版，第 337 页。

❾ 罗贯中著：《三国志通俗演义》，上海古籍出版社 1980 年版，第 576 页。

在《西游记》中，第七十五回提及"已知铁棒世无双"❶，第八十七回提及"银须苍貌世无双"❷。在《三国志通俗演义》中，卷之十三提及"赵云英勇世无双"❸。这些话语都出现"世无双"。

在《西游记》中，第七十八回提及"君教臣死，臣不死不忠；父教子亡，子不亡不孝"❹。在《三国志通俗演义》中，卷之十六提及"为子死孝，为臣死忠"❺。前者和后者都将"臣"之"忠"、"子"之"孝"与死亡联系起来。

在《西游记》中，第八十回描写唐僧时提及"耳垂肩，手过膝"❻。在《三国志通俗演义》中，卷之一描写刘备时提及"两耳垂肩，双手过膝"❼。前者和后者都将"耳"与"垂肩"联系起来，把"手"与"过膝"联系起来。

在《西游记》中，第八十回提及"龙虎风云会""对子见

❶ 吴承恩著：《李卓吾批评本·西游记》，陈宏、杨波校点，岳麓书社2015年版，第624页。

❷ 吴承恩著：《李卓吾批评本·西游记》，陈宏、杨波校点，岳麓书社2015年版，第720—721页。

❸ 罗贯中著：《三国志通俗演义》，上海古籍出版社1980年版，第585页。

❹ 吴承恩著：《李卓吾批评本·西游记》，陈宏、杨波校点，岳麓书社2015年版，第647页。

❺ 罗贯中著：《三国志通俗演义》，上海古籍出版社1980年版，第736页。

❻ 吴承恩著：《李卓吾批评本·西游记》，陈宏、杨波校点，岳麓书社2015年版，第665页。

❼ 罗贯中著：《三国志通俗演义》，上海古籍出版社1980年版，第4页。

当今"❶。在《三国志通俗演义》中，卷之六提及"龙虎会风云"，"君臣重聚义"❷。前者和后者在表述与寓意上都有雷同之处。

在《西游记》中，第八十一回提及"公子登筵，不醉便饱；壮士临阵，不死即伤"❸。第八十五回提及"公子登筵，不醉即饱；壮士临阵，不死带伤"❹。在《三国志通俗演义》中，卷之十一提及"公子登筵，不醉则饱；壮士临阵，不死即伤"❺。这些话语高度雷同，只有个别文字不同。

在《西游记》中，第八十二回提及"何年与你再相逢"❻。在《三国志通俗演义》中，卷之六提及"古城天遣再相逢"❼。前者和后者都出现"再相逢"。

在《西游记》中，第八十五回提及"千年万载不成功"❽。

---

❶ 吴承恩著：《李卓吾批评本·西游记》，陈宏、杨波校点，岳麓书社 2015 年版，第 660 页。

❷ 罗贯中著：《三国志通俗演义》，上海古籍出版社 1980 年版，第 279 页。

❸ 吴承恩著：《李卓吾批评本·西游记》，陈宏、杨波校点，岳麓书社 2015 年版，第 670 页。

❹ 吴承恩著：《李卓吾批评本·西游记》，陈宏、杨波校点，岳麓书社 2015 年版，第 704 页。

❺ 罗贯中著：《三国志通俗演义》，上海古籍出版社 1980 年版，第 525 页。

❻ 吴承恩著：《李卓吾批评本·西游记》，陈宏、杨波校点，岳麓书社 2015 年版，第 682 页。

❼ 罗贯中著：《三国志通俗演义》，上海古籍出版社 1980 年版，第 279 页。

❽ 吴承恩著：《李卓吾批评本·西游记》，陈宏、杨波校点，岳麓书社 2015 年版，第 700 页。

在《三国志通俗演义》中，卷之十三提及"千年万载仰高清"❶。前者和后者都出现"千年万载"。

在《西游记》中，第八十六回提及"碌碌劳劳何日了"❷。在《三国志通俗演义》中，卷之二提及"递互相吞何日了"❸。前者和后者都出现"何日了"。

在《西游记》中，第八十六回提及"孽畜伤师真可恨"❹。在《三国志通俗演义》中，卷之十六提及"愚妇焚烧真可恨"❺。前者和后者都出现"真可恨"。

在《西游记》中，第九十回提及"扫荡群邪安社稷"❻。在《三国志通俗演义》中，卷之四提及"殄灭奸党，复安社稷"❼。前者和后者雷同，特别是都出现"安社稷"。

在《西游记》中，第九十三回提及"路逢狭道难回避"❽。

❶ 罗贯中著：《三国志通俗演义》，上海古籍出版社1980年版，第618页。

❷ 吴承恩著：《李卓吾批评本·西游记》，陈宏、杨波校点，岳麓书社2015年版，第714页。

❸ 罗贯中著：《三国志通俗演义》，上海古籍出版社1980年版，第94页。

❹ 吴承恩著：《李卓吾批评本·西游记》，陈宏、杨波校点，岳麓书社2015年版，第710页。

❺ 罗贯中著：《三国志通俗演义》，上海古籍出版社1980年版，第751页。

❻ 吴承恩著：《李卓吾批评本·西游记》，陈宏、杨波校点，岳麓书社2015年版，第742页。

❼ 罗贯中著：《三国志通俗演义》，上海古籍出版社1980年版，第203页。

❽ 吴承恩著：《李卓吾批评本·西游记》，陈宏、杨波校点，岳麓书社2015年版，第765页。

在《三国志通俗演义》中，卷之五提及"狭路相逢，急难回避"❶。前者和后者雷同，特别是都出现"难回避"。

在《西游记》中，第九十三回提及"清清净净绝尘埃"❷。在《三国志通俗演义》中，卷之十六提及"喷珠噀玉绝尘埃"❸。前者和后者都出现"绝尘埃"。

在《西游记》中，第九十七回提及"飞蛾投火，反受其殃"❹。在《三国志通俗演义》中，卷之一提及"机谋不密，反受其殃"❺；卷之五提及"天与不取，反受其殃"❻。这些话语都出现"反受其殃"。

在《西游记》中，第九十九回提及"夺天地造化之功"❼。在《三国志通俗演义》中，卷之十提及"夺天地造化之功"❽。前者和后者相同。

综上所述，《西游记》中的很多话语，相通、相同或相似于

---

❶ 罗贯中著：《三国志通俗演义》，上海古籍出版社1980年版，第220—221页。

❷ 吴承恩著：《李卓吾批评本·西游记》，陈宏、杨波校点，岳麓书社2015年版，第759页。

❸ 罗贯中著：《三国志通俗演义》，上海古籍出版社1980年版，第759页。

❹ 吴承恩著：《李卓吾批评本·西游记》，陈宏、杨波校点，岳麓书社2015年版，第790页。

❺ 罗贯中著：《三国志通俗演义》，上海古籍出版社1980年版，第20页。

❻ 罗贯中著：《三国志通俗演义》，上海古籍出版社1980年版，第216页。

❼ 吴承恩著：《李卓吾批评本·西游记》，陈宏、杨波校点，岳麓书社2015年版，第807页。

❽ 罗贯中著：《三国志通俗演义》，上海古籍出版社1980年版，第473页。

《三国志通俗演义》中的很多话语。这些话语，涉及《西游记》第四回、第六回、第八回、第九回、第十一回、第十二回、第十三回、第十五回、第十六回、第十七回、第十九回、第二十回、第二十二回、第二十四回、第二十八回、第三十回、第三十二回、第三十五回、第三十七回、第四十五回、第四十六回、第四十八回、第五十四回、第五十五回、第五十八回、第六十回、第六十一回、第六十二回、第六十五回、第六十六回、第六十八回、第七十一回、第七十三回、第七十五回、第七十八回、第八十回、第八十一回、第八十二回、第八十五回、第八十六回、第八十七回、第九十回、第九十三回、第九十六回、第九十七回、第九十八回、第九十九回，涉及《三国志通俗演义》卷之一、卷之二、卷之三、卷之四、卷之五、卷之六、卷之七、卷之八、卷之九、卷之十、卷之十一、卷之十二、卷之十三、卷之十四、卷之十五、卷之十六。也就是说，涉及《西游记》全书一百回的四十七回，它们的分布范围非常广泛；涉及《三国志通俗演义》全书二十四卷的十六卷，它们恰好是全书的前十六卷，而与全书的后八卷无关。这些情况的出现，绝对不是偶然的。笔者在本书第一章中已经得出《三国志通俗演义》前十六卷和后八卷作者分别是罗贯中、施耐庵的结论。既然《三国志通俗演义》中罗贯中所作前十六卷与《西游记》具有密切关系，那么，《西游记》的作者当然就是罗贯中❶。

三、《西游记》创作于明初，脱稿于永乐年间

李卓吾批评本《西游记》第六十二回提到"锦衣卫"❷。《明史》记载，洪武"十五年罢仪鸾司，改置锦衣卫"❸。这就是说，锦衣卫设立于公元1382年。可见，《西游记》第六十二回撰写于1382年以后。

李卓吾批评本《西游记》第八十四回提到"东城兵马司"及其"兵马"❹。《明史》记载，洪武"二十三年定设五城兵马指

---

❶ 世德堂本《西游记》载明"华阳洞天主人校"。笔者以为，"华阳洞天主人"就是罗贯中。罗贯中又叫罗本："罗"是姓，"本"是名，"贯中"是字。"华"能够与"中"相联系："中华"是一个重要名词，在《西游记》中具有特殊地位。"阳洞"能够与"贯"相联系："贯"与钱有关，古代曾流通圆形方孔钱，圆形似"阳"，方孔为"洞"；阳光穿洞，也可以称为"贯"。"天"能够与"罗"相联系："罗"原意是捕鸟的网，而鸟在天上飞。如果将"华阳洞天"按照文字先后顺序加以转换，即"华"变成"中"、"阳洞"变成"贯"、"天"变成"罗"，那么，就会出现"中贯罗"，倒着读就是"罗贯中"。至于"主人"，则能够与作为罗贯中之名的"本"相联系：在《三国志通俗演义》卷之九中，罗贯中明确写入"以人为本"。"华阳洞天主人"作为罗贯中的化名，表明他的胸怀、信念和担当。

❷ 吴承恩著：《李卓吾批评本·西游记》，陈宏、杨波校点，岳麓书社2015年版，第514—516页。

❸ 张廷玉等撰：《明史》，中华书局1974年版，第1862页。

❹ 吴承恩著：《李卓吾批评本·西游记》，陈宏、杨波校点，岳麓书社2015年版，第697页。

挥司"。"建文中，改为兵马司，改指挥、副指挥为兵马、副兵马。永乐元年复旧。"❶ 存在过"兵马司"及其"兵马""副兵马"的建文年间非常短暂，前后仅有四年，涉及公元1399年至公元1402年。可见，《西游记》第八十四回撰写于1399年以后，甚至在1402年以后。

既然《西游记》第八十四回撰写于1399年以后，甚至在1402年以后，第六十二回撰写于1382年以后，而1399年比1382年晚十七年之久，1402年则比1382年晚二十年之久，那么，第六十二回的撰写会大大晚于1382年，晚于1392年也是可能的。1382年距明朝建立、元朝灭亡的1368年，已经有十余年；1392年距1368年，则有二十余年。罗贯中开始撰写《西游记》，应该在1368年以后。至于《西游记》脱稿，应该在1402年以后；公元1403年至公元1424年，正值永乐年间。根据明代无名氏的《录鬼簿续编》有关记载，罗贯中与他的那位忘年交复会于1364年，那时罗贯中已有《赵太祖龙虎风云会》等作品。如果1364年罗贯中有三十岁，那么，1424年罗贯中就有九十岁。完全可以说，《西游记》创作于明朝初期，脱稿于永乐年间。

明朝是在元朝的废墟上建立起来的。元朝中断了汉族政权，明朝则恢复了汉族政权；而汉族之称谓来源于汉朝，汉朝曾为王莽所中断。这些情况，与《西游记》的一些情节息息相关。

在《西游记》中，孙悟空在森罗殿检阅生死簿时看到"魂

❶ 张廷玉等撰：《明史》，中华书局1974年版，第1815页。

字一千三百五十号"，发现自己"该寿三百四十二岁"❶。从公元
618 年李渊建立唐朝，到公元 960 年赵匡胤建立宋朝，历时三百
四十二周年；这三百四十二周年，与所谓孙悟空"该寿三百四十
二岁"相通。从公元 18 年反对王莽统治的绿林、赤眉起义军开
始完整出现，到公元 1368 年朱元璋建立明朝、推翻元朝，历时
一千三百五十周年；这一千三百五十周年，与所谓生死簿"魂字
一千三百五十号"相通。

《西游记》提及"贞观十三年，岁次己巳"❷。其实，历史上
的贞观时期根本不存在己巳年。然而，《西游记》提及"王莽篡
汉"❸，历史上紧接王莽篡汉之后的始建国元年是己巳年；明初
有扫荡北元的捕鱼儿海战役，紧接捕鱼儿海战役之后的洪武二十
二年是己巳年。《西游记》提及"太宗名下注定'三十三
年'"❹。其实，在历史上贞观时期只有二十三年，远达不到三十
三年。所谓唐太宗名下的"三十三年"，相通于三十三天，有别
于十八层地狱。在《西游记》中，唐僧取经始于"贞观一十三

---

❶ 吴承恩著：《李卓吾批评本·西游记》，陈宏、杨波校点，岳麓书社 2015 年
版，第 23 页。

❷ 吴承恩著：《李卓吾批评本·西游记》，陈宏、杨波校点，岳麓书社 2015 年
版，第 87 页。

❸ 吴承恩著：《李卓吾批评本·西游记》，陈宏、杨波校点，岳麓书社 2015 年
版，第 101 页。

❹ 吴承恩著：《李卓吾批评本·西游记》，陈宏、杨波校点，岳麓书社 2015 年
版，第 76 页。

年"，止于"贞观二十七年"❶；十三年占去三十三年的40%，二十七年占去三十三年的80%。根据《明实录》记载，元至正二十六年，拓建康城；根据《明会典》记载，明洪武二十六年，京师城垣定。也就是说，从公元1366年至公元1393年，在长达二十七年的时间内，朱元璋进行了大规模的南京城墙建设；这二十七年，能够相通于《西游记》中的贞观二十七年。根据《明史》记载，南京的京城有十三门；这十三门，能够相通于《西游记》中的贞观十三年。如果说贞观十三年岁次己巳，洪武二十二年也是己巳年，贞观十三年可以与洪武二十二年联系起来，而洪武二十二年正值公元1389年，那么，贞观二十七年就可以与公元1403年对应起来，而公元1403年正值永乐元年。

明朝虽然恢复了汉族政权，但是延续和强化君主专制。罗贯中意识到，明朝将会重蹈宋朝的覆辙，甚至世界东方将会受到世界西方的威胁。《西游记》全书共一百回，过半不久的第五十二回明确提及"西天瞻巨镇，形势压中华"❷。在这部小说中，处在天庭的玉帝声称"天上十三日，下界已是十三年"❸；位于灵

❶ 吴承恩著：《李卓吾批评本·西游记》，陈宏、杨波校点，岳麓书社2015年版，第812页。

❷ 吴承恩著：《李卓吾批评本·西游记》，陈宏、杨波校点，岳麓书社2015年版，第427页。

❸ 吴承恩著：《李卓吾批评本·西游记》，陈宏、杨波校点，岳麓书社2015年版，第246页。

山的如来直言"山中方七日,世上几千年"❶。二者的反差极其悬殊。受玉帝之请,西方的如来降服东方的猴王,此时正值王莽篡汉之时。从王莽篡汉之时,到唐朝贞观年间,被小说概括为五百多年。贞观二十七年,唐僧在大天竺国得知,那里"自太祖太宗传到今,已五百余年。现在位的……怡宗皇帝,改元靖宴,今已二十八年了"❷。在同步的五百多年中,东土政权频繁更替,而西方一朝持续存在;从正在位的君主来看,天竺怡宗的靖宴二十八年,又压过唐朝太宗的贞观二十七年。

在《西游记》的设计中,从王莽政权取代汉朝政权,到游牧民族中断汉族政权,再到世界西方超过世界东方,呈现依次递进的关系;这三种情况,最集中地体现于唐太宗曾经死去的"三昼夜"❸。王莽政权取代汉朝政权,这是罗贯中无论如何不曾经历的史实;游牧民族中断汉族政权,这是罗贯中曾经亲身有所经历的现实;世界西方超过世界东方,这是罗贯中针对未来一定阶段的预测。公元1848年,马克思和恩格斯在《共产党宣言》中根据他们所处时代的世界格局提及"东方从属于西方"❹。虽然

---

❶ 吴承恩著:《李卓吾批评本·西游记》,陈宏、杨波校点,岳麓书社2015年版,第642页。

❷ 吴承恩著:《李卓吾批评本·西游记》,陈宏、杨波校点,岳麓书社2015年版,第763页。

❸ 吴承恩著:《李卓吾批评本·西游记》,陈宏、杨波校点,岳麓书社2015年版,第81页。

❹ 《马克思恩格斯文集》第2卷,人民出版社2009年版,第36页。

这里的"西方"与《西游记》中的"西方"存在差异，但是罗贯中的宽广眼界和深刻思考不能不令人钦佩。这种宽广眼界和深刻思考，奠基于明朝初期的实际特别是永乐年间的实际。

后　记

在本书的写作过程中，笔者产生了一些感悟：有必要更精准地认识和评价施耐庵、罗贯中、吴承恩的成就和地位，其中的罗贯中乃是文化奇才、思想巨星、道德典范、爱国志士、战略大家；《西游记》创作于明初，《水浒传》撰写和纂修于元末明初，《三国志通俗演义》的创作相关于元朝时期，人们耳熟能详的"明清小说"之提法需要充实为更完善的"元明清小说"之提法，进而形成更完备的元明清文学之记载；元朝时期既是中国历史一个非常关键的转折时期，又是世界历史一个特别重要的转折时期，需要从整个中国历史和世界历史的宏大视野去把握和解读三部名著，《西游记》尤其如此；这些名著虽然有灰暗地方、消极成分、落后因素，但是更有闪亮地方、积极成分、进步因素，需要辩证分析、正确挖掘、恰当运用，以便扬长避短、趋利避害、向好克坏；这些名著是诸方面都极端困难的先人创作的不朽精品，比他们条件优越千百倍、万千倍、亿万倍的后人应该而且能够打造更多数量、更加优秀、更富创新的时代巨著；本书研究的名著是当时社会的百科全书，涉及的范围非常广泛，启发今人贯通各个学科、各门专业，实现科学的系统之协调和推进之稳健，切实做到人尽其才、物尽其用与天人合一、整体和谐。

现在，我国人民正朝着中华民族的伟大复兴阔步前进。只有在建设一个既富又强、上民尚和、严法高德、含韧有恒、可敬能近的中国之进程中取得决定性胜利，才能无负于艰辛缔造和悉心爱护中国的历辈祖先，造福于继续承接和不断发展中国的万代子孙；才能相称于我们这个历史悠久、人口众多的文明古国和东方大国，有益于长期以来支持中国、厚望中国的国际社会和世界人民。笔者确信，中华民族共同体百炼成钢，人类命运共同体前途似海。

韩亚光
2019 年 5 月 1 日于北京